大学文科基本用书·文学
DAXUE WENKE JIBEN YONGSHU · WENXUE

# 外国文学基础

（第二版）

程陵 编著

图书在版编目(**CIP**)数据

外国文学基础/程陵编著. —2 版. —北京：北京大学出版社，2015.2
(大学文科基本用书·文学)
ISBN 978-7-301-25475-2

Ⅰ.①外… Ⅱ.①程… Ⅲ.①外国文学—文学史—高等学校—教材 Ⅳ.①I109

中国版本图书馆 CIP 数据核字(2015)第 020623 号

| | | |
|---|---|---|
| 书　　名 | 外国文学基础（第二版） | |
| 著作责任者 | 程　陵　编著 | |
| 责 任 编 辑 | 艾　英 | |
| 标 准 书 号 | ISBN 978-7-301-25475-2 | |
| 出 版 发 行 | 北京大学出版社 | |
| 地　　址 | 北京市海淀区成府路 205 号　100871 | |
| 网　　址 | http://www.pup.cn　新浪微博：@北京大学出版社 | |
| 电 子 邮 箱 | 编辑部 wsz@pup.cn　总编室 zpup@pup.cn | |
| 电　　话 | 邮购部 62752015　发行部 62750672　编辑部 62756467 | |
| 印 刷 者 | 三河市北燕印装有限公司 | |
| 经 销 者 | 新华书店 | |
| | 650 毫米×980 毫米　16 开本　12.25 印张　132 千字 | |
| | 2006 年 1 月第 1 版 | |
| | 2015 年 2 月第 2 版　2023 年 11 月第 7 次印刷 | |
| 定　　价 | 39.00 元 | |

未经许可，不得以任何方式复制或抄袭本书之部分或全部内容。
版权所有，侵权必究
举报电话：010-62752024　电子邮箱：fd@pup.cn
图书如有印装质量问题，请与出版部联系，电话：010-62756370

# 目录

## 第一章 古代希腊罗马文学/1
第一节 古代希腊文学概述/1
第二节 荷马史诗/5
第三节 古希腊戏剧/8
第四节 古代罗马文学概述/11

## 第二章 中世纪欧洲文学/14
第一节 概述/14
第二节 但丁/19

## 第三章 文艺复兴时期欧洲文学/23
第一节 概述/23
第二节 塞万提斯/27
第三节 莎士比亚/30

## 第四章 17世纪欧洲文学/36
第一节 概述/36
第二节 莫里哀/40

## 第五章 18世纪欧洲文学/44
第一节 概述/44
第二节 歌德/49

## 第六章 19世纪欧美文学/53
第一节 概述/53
第二节 拜伦/69
第三节 雨果/71
第四节 普希金/76
第五节 司汤达/79

# 目录

第六节　巴尔扎克/82

第七节　狄更斯/88

第八节　果戈理/92

第九节　陀思妥耶夫斯基/95

第十节　左拉/100

第十一节　莫泊桑/103

第十二节　易卜生/106

第十三节　托尔斯泰/109

第十四节　马克·吐温/115

## 第七章　20世纪欧美文学/118

第一节　概述/118

第二节　萧伯纳/139

第三节　高尔基/144

第四节　肖洛霍夫/148

第五节　布莱希特/151

第六节　海明威/155

第七节　奥尼尔/158

第八节　卡夫卡/163

第九节　乔伊斯/166

第十节　萨特/170

第十一节　贝克特/175

第十二节　罗伯-格里耶/179

第十三节　海勒/183

第十四节　马尔克斯/186

**修订后记/191**

物,广泛而生动地反映了这一时期希腊社会各方面的状况。

在政治经济方面,史诗反映出在荷马时代的希腊,居民中依财产和社会地位的不同已有贵族、平民和奴隶的区别,"王"就是军事首长和各部落的显贵。主要的生产劳动是农业,土地归公社所有,但贵族占有最好的土地,并有佣工为他们劳动。贵族们过着豪华的生活。奴隶主要是为主人从事家务劳动和豢养牲畜的家奴。奴隶处境悲惨,但还有别于奴隶社会。

在军事方面,也表现出氏族社会向奴隶制社会过渡的特点。当时攻打特洛伊的军队是一支由氏族结成胞族、部落和部落联盟的军队。部落中最高权力属于民众大会,民众大会之外有长老会议,是一种决策机构。但民众大会的作用开始变小,而贵族起着决定作用。

在社会风尚方面,随着一夫一妻制的建立,要求妇女重视贞操,妇女的地位随之降低。

在思想内容方面,史诗表现了古希腊人的英雄主义、集体主义的崇高理想和热爱生活、肯定人的力量的积极乐观的思想,还表现了古希腊人的冥府乐土观念以及他们重视现世、不把希望寄托于来世的思想。

## 三、史诗的艺术特点

史诗剪裁得当,叙事方法巧妙,结构完整。《伊利昂纪》把特洛伊战争10年间发生的事浓缩在最后51天里,以"阿基琉斯的愤怒"为主线展开情节,具体描写了几天内发生的故事,情节高度集中。《奥德修纪》将奥德修回国的10年历险和伊大卡岛上的复仇这两条线索浓缩在最后40天,具体描写的也只有几天。《奥德修纪》巧妙地使用倒叙手法,以奥德修斯在最后驻留的斯赫里岛向国王讲述的方法交代他10年的漂流遭遇。

史诗中的人物形象鲜明生动,如阿伽门农的傲慢、阿基琉斯的勇敢和任性、赫克托耳的英勇和顾全大局等,同为英雄,却各具特色。

史诗采用客观叙述的手法,诗句富有想象,比喻出色,韵律优美。史诗常用重复的手法,这与它作为一种口头艺术有密切关系。荷马史诗对欧洲文学的发展、对后世作家的创作有着深远的影响。

## 第三节 古希腊戏剧

### 一、古希腊戏剧的起源

古希腊戏剧作为一种艺术形式起源于酒神祭典仪式。酒神狄俄尼索斯教人种植葡萄并掌管植物生长,受到农民的崇拜,每到收获季节,人们便举行祭祀酒神的仪式。悲剧起源于酒神祭典中的酒神颂歌部分,喜剧起源于这种仪式中的狂欢歌舞部分。喜剧的上演比悲剧晚几十年。

### 二、古希腊悲剧

古希腊悲剧随雅典奴隶主民主制的兴衰而兴衰。古希腊悲剧多取材于神话,作家通过神话题材反映现实,表达自己的思想,其基本主题是反侵略、反专制,表现为民主和正义事业而奋斗的英雄主义精神和崇高理想。古希腊悲剧是一种英雄悲剧,它的特征是庄严而不是悲,所以亚里士多德说:"悲剧是对于一个完整而具有一定长度的行动的模仿。"[①]悲剧有固定的程式,一般由三个部分

---

① 亚里士多德:《诗学》,罗念生译,人民文学出版社1982年版,第19页。

组成:1. 开场:通过一两个角色的台词交代剧情;2. 戏剧演出部分:合唱队进场唱进场歌,演出三个戏剧场面(最多为七场),每演完一场由合唱队演出歌舞,唱合唱。3. 退场:演出结束,剧中人物和合唱队退场。初期的悲剧采用"三联剧"的形式(三个剧本的题材相关)。悲剧的台词用诗体,有很高的文学价值。古希腊悲剧保留至今的有三位作家的 32 部作品,这三位作家是埃斯库罗斯、索福克勒斯和欧里庇德斯,史称古希腊三大悲剧家。

埃斯库罗斯(前 525—前 456)被称为"悲剧之父",是雅典奴隶主民主制形成时期的悲剧诗人。他有 7 部作品保留至今,包括《波斯人》、《俄瑞斯特亚》三部曲、《被缚的普罗米修斯》等。《被缚的普罗米修斯》(约公元前 465 年上演)是埃斯库罗斯最著名的悲剧。作品借用普罗米修斯(12 提坦神之一)盗天火给人间的神话,表现了雅典民主派反对专制统治的斗争,歌颂了普罗米修斯为人类正义事业不惜牺牲个人一切的崇高精神。埃斯库罗斯对希腊悲剧做出了重要贡献,他首先使用第二个演员,运用服装、高底靴和布景,并使对白成为剧中的主要成分,希腊悲剧的结构程式和艺术特点在他的剧中基本形成。

索福克勒斯(前 496?—前 406)是雅典奴隶主民主制繁荣时期的悲剧诗人,为希腊戏剧的发展做出了自己的贡献。索福克勒斯首先使用第三个演员,打破"三联剧"形式,使合唱成为戏剧的有机组成部分。希腊悲剧的艺术形式在他的创作中发展到完善程度。索福克勒斯流传下来的作品有 7 部。代表作是《俄狄浦斯王》(公元前 431 年上演),这部作品也是希腊悲剧中最重要的作品之一。《俄狄浦斯王》取材于希腊神话。俄狄浦斯登上忒拜国王位 16 年的时候,国家发生大瘟疫,神示告知发生瘟疫的原因是杀死忒拜老王的凶手至今还逍遥法外。俄狄浦斯在追查凶手的过程中了解到自己的身世:他原为忒拜老王拉伊俄斯之子,因神示说他长大后将杀父娶母,老王便命仆人将其扔到山里。仆人可怜这无辜的孩子,把他送给了邻国科任托斯的一个牧人,后此子被科任托斯国王收养,成了王子,取名俄狄浦斯。俄狄浦斯长大成人后,也从神示中得知自己将杀父娶母,为避免此罪,便离开了他认为是自己亲生父亲的科任托斯国王。途中在一个三岔路口,他与一老人发生争执并不慎将其打死,却不知这老人正是他的生父忒拜国王拉伊俄斯。俄狄浦斯来到忒拜国为民除掉了狮身人面女妖斯芬克斯,人民拥戴他为国王,他娶了已故国王之妻为后,不料她正是自己的生母。俄狄浦斯无意中应验了神示,犯了杀父娶母之罪。得知这一切之后,俄狄浦斯刺瞎了自己的双眼,自我放逐,永远离开了忒拜国。作品表现了俄狄浦斯的坚强意志与不可抗拒的命运之间的激烈冲突,反映了雅典奴隶主民主制兴盛时期民主派的思想意识特点:怀疑神和命运的合理性,肯定个人的独立自主精神。《俄狄浦斯王》被认为是希腊悲剧在结构布局方面的典范。

欧里庇得斯(前485?—前416)是三大悲剧家中最富民主倾向的一位,因善于在剧中讨论哲学问题而被誉为"剧场里的哲学家"。他流传下来的作品有18部。代表作是《美狄亚》(公元前431年上演)。作品取材于希腊神话中伊阿宋取金羊毛的故事。英雄伊阿宋到科尔喀斯取金羊毛时,当地的公主美狄亚爱上了他并帮他获得了成功,回国后又帮助他报了父仇。后来,他们到科林托斯定居。在悲剧《美狄亚》中,伊阿宋背弃美狄亚而爱上了科林托斯公主。美狄亚决心进行报复。她送给公主一件锦袍、一顶金冠作为结婚礼物,公主一接触两件礼物立刻被烈火焚身,国王在救公主时也被烧死。美狄亚杀死了她与伊阿宋所生的两个儿子,跳上龙车,飞向雅典。悲剧表现了伊阿宋的背信弃义和美狄亚的复仇,反映了雅典奴隶主民主制面临危机时期,随着私有制的发展和贫富分化,社会道德堕落、家庭崩溃。欧里庇得斯的作品比较接近现实,他在写实手法和心理刻画两方面对希腊悲剧的发展做出了自己的贡献。他的作品标志着"英雄悲剧"向世态剧的转变。

### 三、古希腊喜剧

古希腊喜剧是雅典奴隶主民主制危机时期的产物。它以揭露社会矛盾、讽刺现实为主要特征。品类包括政治讽刺剧、社会讽刺剧、神话剧和世态剧,以前两者为重要。古希腊喜剧同悲剧一样有对白和歌队合唱。固定程式一般包括 5 个部分:开场、进场、对驳、插曲、退场。对驳是其中最重要的部分,通过冲突双方的论辩来表达作品主题和思想。

希腊喜剧分为"旧喜剧"(指"古典时期"的喜剧)和"新喜剧"(指"希腊化"时期的喜剧)。旧喜剧最重要的代表是阿里斯托芬(前 446? —前 385),被称为"喜剧之父"。他的作品用夸张、闹剧式甚至荒诞的手法反映现实,讽刺社会的不合理现象。阿里斯托芬现存喜剧 11 部,代表作《阿卡奈人》(公元前 425 年上演)是一部具有强烈政治讽刺意味的反战作品。阿里斯托芬的作品对后世欧洲讽刺作家产生了深刻的影响。

## 第四节 古代罗马文学概述

古代罗马是稍晚于希腊而兴起的奴隶制国家。古代罗马文学是在学习和借鉴古代希腊文学的基础上发展起来的,又有自己的成就和贡献。古代罗马文学在奴隶制社会条件下发展起来,从公元前 3 世纪(罗马文学迅速发展)到公元 5 世纪(西罗马帝国灭

亡)共七八百年历史,可分为三个时期:

## 一、公元前3世纪中叶至公元前2世纪的罗马文学

罗马在向外扩张时接触到希腊文化,罗马文学在希腊文学的基础上发展起来。罗马原有的神话和希腊神话相结合,一些希腊神的名字换为罗马神的名字。如宙斯改称朱比特、赫拉改称朱诺、雅典娜改称弥涅尔瓦、阿尔忒弥斯改称狄安娜、阿佛洛狄忒改称维纳斯等。这一时期的主要文学成就是喜剧,主要作家有普劳图斯(前254?—前184)和泰伦斯(前190?—前159)。普劳图斯主要作品有《一罐黄金》《孪生兄弟》《俘虏》《吹牛军人》等。泰伦斯主要作品有《阉奴》《婆母》《两兄弟》等。

## 二、公元前2世纪下半叶到公元1世纪初的罗马文学

这一时期是罗马文学的"黄金时代"。希腊文学的影响逐渐减弱,罗马文学开始有了独立的民族风格。这一时期主要的文学成就是散文和诗歌。

1. 散文:主要作家作品有西塞罗(前106—前43)的演说词。西塞罗的作品被认为是古代散文的典范。

2. 诗歌:主要诗人有哲理诗人卢克莱修(前98?—前56),抒情诗人卡图卢斯(前84?—前54?)、维吉尔、贺拉斯和奥维德。

维吉尔(前70—前19)是古罗马最重要的诗人。他最主要的作品是史诗《埃涅阿斯记》(前29—前19)。作品描写罗马祖先埃涅阿斯建国立业的功绩,在艺术上模仿荷马史诗的写法。维吉尔在文学史上享有崇高地位,被认为是荷马之后最重要的诗人。《埃涅阿斯记》被认为是文人史诗的典范。

贺拉斯(前65—前8)是抒情诗人、讽刺诗人和文艺理论家。

其《诗艺》是著名的文艺理论著作,对欧洲文艺理论的发展有较大影响。

奥维德(前43—公元18)的代表作《变形记》,是古代希腊罗马神话的大汇集。

## 三、公元1世纪至公元5世纪的罗马文学

公元1世纪至2世纪,是罗马文学的"白银时代"。罗马文学开始走下坡路,公元3世纪后,罗马文学完全衰落。这一时期较重要的作家有悲剧作家塞内加(前4—65)、讽刺诗人尤维纳利斯(60?—127?)、历史作家塔西陀(55?—118?)。外省作家有普鲁塔克(46?—120?)、阿普列尤斯(124?—175?)、琉善(125?—200?)等。

# 第二章 中世纪欧洲文学

## 第一节 概 述

西罗马帝国于公元476年灭亡,标志着欧洲古代社会的结束和中世纪的开始。中世纪是欧洲封建制度形成、发展和衰落的时期。中世纪历史一般分为三个时期:①中世纪初期(5—11世纪)、②中世纪中期(12—15世纪)、③中世纪晚期(16—17世纪中叶)。中世纪文学指历史上中世纪早期和中期的文学。中世纪晚期是近代文学的开端。

### 一、中世纪初期的欧洲文学(5—11世纪)

#### (一)宗教文学

1. 基督教的产生

西罗马帝国灭亡后,从4世纪开始,欧洲经过民族入侵、融合和迁徙建立了最初的一些国家,这些国家先后进入了封建社会。在欧洲封建社会中,基督教在思想文化领域占据着统治地位。

基督教的建立与犹太教关系密切。犹太教是犹太人的民族宗教。大约在公元前1500年,"希伯来人"(意为从"幼发拉底河那边来的人")侵入到亚洲西部的迦南地区(如今的巴勒斯坦),征服了迦南地区的土著人并在那里定居下来。希伯来人在与外族入侵的长期斗争中,逐渐将许多小部落联合起来,建立了以色列犹太王国。以色列犹太王国曾经有过辉煌的历史,但在公元前925年,分裂为以色列和犹太王国两个国家,国势渐衰。公元前722年,以色列被亚述王国所灭;公元前586年,巴比伦王国攻占了犹太王国首都耶路撒冷,犹太王国随之灭亡。后来,这个地区曾被波斯、马其顿、罗马等国统治。犹太人虽经多次反抗斗争终未获胜,最后被逐出这个地区流落到世界各地。

犹太教约形成于公元前6世纪犹太王国灭亡时期。同时犹太人着手编辑民族文化遗产,到公元前2世纪,编成《圣经》,并将此奉为犹太教的经典。在公元前1世纪初罗马帝国统治时期,犹太人又创立了基督教。基督教也以犹太教的《圣经》为经典,为区别于他们编纂的另一部经典《新约全书》(简称《新约》),将前者称为《旧约全书》(简称《旧约》),并将二者合称为《圣经》(又称《新旧约全书》)。

基督教产生之初本是罗马帝国内部被压迫阶级和被压迫民族对帝国统治者的一种反抗情绪的表现,但后来被统治阶级所利用。在欧洲走向封建社会的进程中,基督教曾起到一定的进步作用,后来逐渐成为封建统治者的意识形态和统治工具,政教互相支持、互相利用,共同维持统治。教会极力树立神的绝对权威,在中世纪的一千多年里,基督教的影响非常普遍,"它渗透到社会各层次,干预认知、审美、道德体验等各个生活方面,为上至真理探求,下至结婚生子、饮食起居提供了无所不包的意义框架"[①]。

---

① 李赋宁总主编,刘意青、罗经国主编:《欧洲文学史》第1卷,商务印书馆2002年版。

2. 宗教文学

基督教同样渗透到文学领域,在中世纪文学作品中,纯粹的世俗文学作品数量有限,多数作品与宗教有某种关系。

《圣经》是基督教的经典,教会宣扬《圣经》是一部"神授人录"的书。《旧约》是希伯来文学总集,共39卷,内容可分为四大部分:①经律书(内容是关于远古时代的神话传说,如《创世记》等);②历史书(内容是关于以色列犹太王国的历史,如《约书亚纪》等);③先知书(内容是先知先觉者的号召和演说,如《以赛亚书》等);④诗文集(内容包括诗歌、小说、戏剧和箴言等,如《诗篇》《雅歌》《耶利米哀歌》《箴言》等)。《新约》共27卷,内容是有关耶稣言行的传说、耶稣使徒们的传说和书信等。

除《圣经》外,中世纪还产生了大量的宗教文学。宗教文学的主题和内容都取自《圣经》,主要宣扬神的绝对权威、原罪说、禁欲主义和出世思想。在体裁方面主要有《圣经》故事、圣徒传、祈祷文、赞美诗、宗教剧等。在艺术上常采用梦幻故事的形式和象征、寓意的手法。宗教文学的思想内容和艺术手法不仅影响了整个中世纪的欧洲文学,对后来的欧洲文学也产生了深远的影响。

## (二) 英雄史诗

在宗教文学盛行的同时,民间文学也在发展。英雄史诗是其中的重要品类。中世纪初期主要有凯尔特人有关胡林和菲恩的英雄故事以及有关亚瑟王的传说、日耳曼人的英雄史诗《希尔德布兰特之歌》、盎格鲁-撒克逊人的史诗《贝奥武甫》、冰岛人的"埃达"(意为"歌谣")和"萨迦"(意为"英雄传说")、芬兰人的史诗《卡勒瓦拉》等。这些作品以反映氏族部落制度瓦解时期的部落生活、歌颂部落英雄为主要内容。

《贝奥武甫》约形成于公元7世纪末8世纪初。史诗写的是公元6世纪时住在瑞典的盎格鲁-撒克逊人的部落首领贝奥武甫建功立业、继承王位,晚年与危害百姓的火龙搏斗并英勇牺牲的故事。《贝奥武甫》是出现较早、保留最完整的英雄史诗。

## 二、中世纪中期的欧洲文学(12—15世纪)

这是中世纪文学的繁荣期。除教会文学外,主要文学作品有三种:

### (一)英雄史诗和民间谣曲

这一时期的英雄史诗多以一具体历史事件为基础,较之中世纪早期的史诗,多具传奇色彩而不具神话性质,其内容以歌颂忠君爱国、骁勇善战的英雄人物为主。著名的英雄史诗有法国的《罗兰之歌》、西班牙的《熙德之歌》、德意志的《尼伯龙根之歌》、俄罗斯的《伊戈尔远征记》等。其中以《罗兰之歌》最具代表性。这部作品以法国查理大帝征服西班牙的史实为基础,但有很大的改变。诗中理想化的君主查理的形象和为保卫法兰西流尽最后一滴血的罗兰的形象都体现了史诗的爱国主义主题。在艺术上,《罗兰之歌》保留了民间创作粗犷自然的特色,是欧洲英雄史诗的代表作品。

民间谣曲的主要作品有俄罗斯的英雄歌谣和英国的"罗宾汉谣曲"。

### (二)骑士文学

骑士文学是中世纪骑士制度的产物。在欧洲封建社会中,大小封建主之间形成一种阶梯式的等级制度。骑士是封建主豢养的武装,平时看家护院,遇到战争则为封建主打仗。在十字军东征时,骑士为宗教服务,社会地位大大提高。骑士精神的主要内容是忠君、护教、行侠,效忠于"心爱的贵妇人",为荣誉而战。

法国是骑士制度和骑士文学最发达的国家。骑士文学的主要内容是写骑士的冒险故事与骑士和贵夫人之间的爱情故事,主要体裁是抒情诗和叙事诗。

骑士抒情诗的中心在法国南方的普罗旺斯。骑士抒情诗的中心主题是写骑士之爱。品类有"破晓歌""牧歌""情歌""夜歌""怨歌"等,其中以"破晓歌"最为著名。骑士叙事诗的中心在法国北方,其主要内容是写骑士的游侠与冒险,分为:①古代系(主要包括关于特洛伊、亚历山大和埃涅阿斯的叙事诗);②不列颠系(主要包括亚瑟王与他的圆桌骑士的故事,如《刑车骑士郎斯洛》《特里斯丹与依瑟》等);③拜占庭系(如《奥卡珊与尼克莱特》)。骑士叙事诗以一两个主人公的经历为线索来组织长篇故事的结构方法、注意人物外形与心理描写的艺术特点,奠定了欧洲长篇小说的基础。

## (三) 市民文学和市民戏剧

### 1. 市民文学

市民文学是随着城市的发展而出现的。在中世纪的欧洲,法国是市民文学最发达的地方。市民文学的内容直接取材于现实生活,以揭露封建主和僧侣的恶德败行为主,此外也赞扬人民的智慧,其主要手法是讽刺。市民文学的主要形式有韵文故事、讽刺叙事诗和抒情诗。

韵文故事是一种诗体小故事(也称作"笑话")。主要内容是以滑稽逗笑的手法讽刺僧侣与贵族的恶德败行,暴露上层市民的庸俗无聊。也有一些反映农民生活的作品。代表作品有法国的《驴的遗嘱》《农民医生》，德国的《神父阿米斯》等。

讽刺叙事诗的代表作是《列那狐传奇》。这部作品在动物故事的基础上发展而成，写狐狸列那与各种动物之间的斗争，实则以兽寓人，以动物故事讽喻现实。《列那狐传奇》是中世纪市民文学最重要的作品。此外，长篇故事诗《玫瑰传奇》（特别是第二部）也是中世纪市民文学的重要作品。

市民抒情诗主要有意大利的"温柔的新体派诗"，法国诗人吕特博夫和维庸的作品。

此外，散文领域中意大利的《马可·波罗游记》是一部具有世界意义的作品。

2. 市民戏剧

市民戏剧主要有宗教性戏剧和非宗教性戏剧两种。宗教性戏剧包括奇迹剧、神秘剧等品类。非宗教性戏剧主要包括道德剧、笑剧，著名作品有《巴特兰律师》。

# 第二节 但 丁

## 一、生平与创作简介

但丁·阿里盖利（1265—1321）是13世纪末14世纪初的意大利诗人，是中世纪欧洲最重要的作家，同时也是中世纪文学向近代文学过渡的标志。但丁出身于一个没落贵族家庭，从小就喜欢读诗，曾拜著名学者拉马丁为师学习拉丁文和古代文学，尤其崇拜古罗马大诗人维吉尔。通过刻苦自学，但丁获得了渊博的知识。

意大利是欧洲资本主义萌芽最早的国家，至13世纪中叶已有较发达的工商业和银行业。但丁的故乡佛罗伦萨就是一座繁荣的城市。但在政治上,意大利虽然名义上属于神圣罗马帝国,却长期处于分裂状态,各个城邦之间由于经济利益经常发生冲突乃至战争。城邦内部的贵族与资产阶级、资产阶级各派之间也存在着矛盾斗争。这一切都阻碍着意大利的发展。青年时期的但丁积极参加城邦的政治活动,但在党争中因不属于教皇支持的派别而受到迫害,被逐出城邦并经历了近20年的流亡生活。流亡期间,他走遍了意大利北部地区,广泛接触到社会各阶层,认识到狭隘的城邦立场是错误的,意大利必须走统一与和平的道路。1313年后,他接受了斯加拉大亲王和波伦塔伯爵的邀请,先后在维洛那和拉文那居住,此后专心著书,直到病逝。

但丁的主要作品包括青年时期最重要的诗集《新生》(1292—1295),表现了他摆脱禁欲主义、追求纯洁爱情的思想。诗中的贝阿德丽采(但丁倾心的邻家姑娘)是但丁作品中一个象征性的理想人物,在《神曲》中也曾出现。此外,但丁还著有介绍各种科学文化知识的《飨宴》(1304—1307)、表达建立意大利民族语言渴望的《论俗语》(1304—1305)、表达政治观点的《帝制论》(1310—1312)等学术性、政论性的著作。但丁最主要的文学作品是《神曲》。

## 二、《神曲》

《神曲》意大利原文为"神圣的喜剧",全诗共14233行,分为《地狱》、《炼狱》(又译《净界》)、《天堂》三部,主要情节是写诗人梦游三界的故事。

作品写道,正当诗人处于人生中途(35岁)的时候,在一座幽暗的森林里迷了路,并被三头猛兽——豹、狮、狼(分别象征淫欲、强暴和贪婪)阻拦。诗人大声呼救,这时古罗马大诗人维吉尔奉天上圣女贝阿德丽采之命出现在诗人面前,他将引领诗人从另一条道路走出迷途。

诗人在维吉尔的带领下游历了地狱和炼狱。地狱共分9层,状似上宽下窄的大漏斗,凡生前罪孽较重的亡魂按其罪行的大小被罚在各层受苦,情景万分凄厉恐怖。炼狱是一座海上浮山,分为7层,各层住着生前罪孽较轻的亡魂,他们在这里经过忏悔后可以得到宽恕,升入天堂。诗人走出炼狱来到地上乐园,圣女贝阿德丽采接替维吉尔带领诗人游历天堂。天堂分为9重,住着生前为善的灵魂。天堂之上便是天府,是上帝和天使们的所在。贝阿德丽采带领但丁去见神的本体,只见电光一闪,全诗到此结束。

《神曲》在许多方面存在着新旧两种思想的矛盾,它既有中世纪文学作品的特点,又表现出新思想、新文艺的萌芽,无论在内容上和艺术形式上都具有两重性。这种两重性主要表现在以下方面:《神曲》在构思和内容上都受到基督教观点的支配,神秘色彩很浓,其中包含着不少繁琐哲学的知识、难解的象征和隐喻以及中世纪文化领域的各种问题,是对中世纪文化的艺术总结。但作家创作《神曲》的目的不是为了宣传宗教,而是"要使生活在这一世界的人们摆脱悲惨的遭遇,把他们引到幸福的境地",是要从政治上和道德上探索意大利民族的出路。

在设想民族出路时,作家表现出基督教的思想,认为信仰和神学高于一切,强调节欲、苦修和道德净化。但另一方面,作家所追求的理想的内容却是现世的、进步的。但丁非常关心意大利的现实,他在梦幻故事和宗教性的艺术构架中,写的是意大利当时各党派间的纷争,教皇、僧侣们的罪恶和人民的生活。他渴望意大利的和平统一,在地狱中对那些维护意大利和平统一的亡魂加以赞扬,反之则加以痛斥;他有鲜明的政治倾向性,最讨厌那些政治态度暧昧、左右摇摆的骑墙派;他揭露、批判教会和僧侣的罪行;他看到了现实中的罪恶,但仍坚信光明的未来,并不断地进行探索。这些方面都一反基督教的思想。

《神曲》还存在着宗教思想体系和人文主义新的思想萌芽之间的矛盾。《神曲》中所表现的宇宙观和道德观,从整体上讲都是中世纪唯心主义的宗教思想,但这些思想与教会的宣传又有所不同。他主张的苦修是靠理性指引的个人自身的修炼,并不靠教皇教会作引导,这种思想接近于近代资产阶级个人主义的宗教观。

但丁在《神曲》中对人对事的态度也是矛盾的。他虽然按中世纪的宗教观点来安排亡魂的归属,但并不完全按宗教观点来决定自己对亡魂的态度。从但丁对待亡魂的态度中可以看出他对人的肯定,对人追求知识、追求爱情、追求美德的肯定。

《神曲》在艺术上也存在着两重性。作品具有梦幻故事的形式、象征寓意的手法、象征性的结构,这都带有中世纪文学的特征。但具体描写三界时,都从意大利的现实生活中取材,运用写实的手法和生动贴切的比喻,塑造出有血有肉的艺术形象。此外,《神曲》运用了意大利民族语言(而不是在当时被视为正统的拉丁语),还借鉴了意大利的民歌形式。

# 第三章 文艺复兴时期欧洲文学

## 第一节 概 述

### 一、文艺复兴、人文主义、人文主义文学

随着生产力的发展和生产技术的进步,在13世纪下半叶到14世纪,意大利出现了资本主义的萌芽。15世纪许多欧洲国家都出现了手工业、商业和银行业,形成了早期的资产阶级。15世纪的地理大发现和环球航行的成功,促进了资产阶级在国内外的原始资本积累活动。同时,由于中世纪教会的严酷统治而被埋没了将近一千年的古代希腊罗马文化重新被发掘和重视。但当时欧洲尚处在封建时代,封建制度和封建势力阻碍着资本主义的发展。资产阶级作为一个新兴的阶级开始了反封建的斗争。这种斗争也表现在思想文化领域,其主要形式有两种:宗教改革和文艺复兴。

文艺复兴发生在14世纪到16世纪,是在欧洲封建社会解体、资本主义萌芽的历史条件下形成的,资产阶级以世俗的形式、借用古代文化中的积极因素掀起的一场反封建、反教会的思想文化运动。文艺复兴运动是一次思想的大解放,它沉重地打击了教会的

思想统治,推动了科学与文艺的发展。

在文艺复兴时期,资产阶级形成了"人文主义"的世界观。人文主义思想的核心是以人为中心,反对以神为中心、以禁欲主义为基本内容的反动世界观,矛头指向教会统治和神学思想。人文主义的主要特征是:赞扬人性的美好,反对神的权威;提倡幸福在人间,反对教会的禁欲主义;崇尚理性,反对教会的蒙昧主义和神秘主义;反对封建等级观念和封建压迫,提倡个性解放,宣扬人的自由意志,要求提高个人的独立地位;在政治主张上,多数人文主义者反对封建割据,拥护中央集权的君主制。人文主义体现了资产阶级反封建、反教会的革命要求。但人文主义的哲学基础是人性论,实质是资产阶级个人主义,具有反封建和压迫劳动人民的双重性质。人文主义也是文艺复兴时期兴起的欧洲资产阶级新文学(即人文主义文学)的指导思想。

人文主义文学具有如下特点:鲜明的反封建、反教会的进步倾向;注重写实,反映广阔的社会生活,但这一时期的现实主义作品中还保留着许多传统因素,并与浪漫主义结合在一起;善于塑造栩栩如生的艺术形象,着重从道德心理上进行刻画,而不注重对人们的客观物质关系进行分析;人物性格较复杂较完整;注重民族特色,表现爱国情绪,用民族语言进行写作。

人文主义文学为欧洲文学中的许多体裁奠定了基础,如抒情诗、短篇小说、长篇小说、戏剧、散文等。

## 二、意大利文学

文艺复兴时期,意大利最主要的人文主义作家是彼特拉克和蒲迦丘。

弗兰齐斯科·彼特拉克(1304—1374)被认为是文学史上第

一个人文主义作家。他的抒情诗集《歌集》主要写诗人对心目中的情人劳拉的爱情。这部诗集开一代诗风。从此,十四行诗成了欧洲诗坛上的一种重要诗体。

乔万尼·蒲迦丘(1313?—1375)的代表作是短篇小说集《十日谈》(1348—1353)。作品以尖锐泼辣的风格对教会和封建思想进行了讽刺和攻击。该书包括100个小故事,借鉴阿拉伯名著《一千零一夜》的故事套故事的方式结构而成。这些作品反映了意大利的现实,充满人文主义思想。它的重要主题是反教会,揭露僧侣和教会的腐败、虚伪。有些故事反对禁欲主义,肯定人有享受现世爱情幸福的权利。还有些故事赞扬商人和手工业者的才干、智慧和进取精神。《十日谈》是欧洲近代文学史上第一部现实主义作品,它奠定了近代短篇小说的基础。小说以对现实的生动描摹,对人物心理、景物的生动刻画取胜。小说以意大利语写成,文笔简练、生动。

## 三、法国文学

文艺复兴时期的法国是一个典型的中央集权国家,其人文主义作家分为两派:1. 受王权支持的贵族派人文主义集团,主要有以龙沙为代表的"七星诗社"。2. 具有民主倾向的作家,以拉伯雷为代表。

弗朗索瓦·拉伯雷(1495—1553)的代表作是长篇小说《巨人传》(1532—1553)。小说写三代巨人的探险游历,刻画了漫画式的人物形象,故事情节荒诞离奇。作品的主题是反封建,反对社会的各种丑恶现象,宣扬人文主义者的正面理想。作品揭露了像穿皮袍的猫一样鱼肉人民的法官,描写了穷兵黩武的统治者,批判了腐化堕落的教会,同时也借德廉美修道院表现了他的正面理想,即主张人的个性解放,追求知识和真理。《巨人传》是文艺复兴时期最早的长篇小说之一,是法国人文主义文学最重要的作品。它的现实主义精神、写实与幻想相结合的表现手法,以及讽刺、幽默、寓庄于谐的艺术风格,都对后来法国和欧洲的文学产生了深远的影响。

## 四、西班牙文学

在文艺复兴时期,西班牙人文主义文学到16世纪才趋于成熟,其中戏剧与小说的成就最为突出。

这一时期西班牙民族戏剧的代表人物是洛卜·德·维伽(1562—1635),他最优秀的作品是描写西班牙农民抗暴斗争的剧本《羊泉村》(1609—1613)。在小说方面,有代表性的作品是流浪汉小说《托梅斯河上的小拉撒路》(又译《小癞子》),这部作品以它的写实性、简洁的笔法和通过主人公的丰富经历串联各种社会画面的结构方法对后来的欧洲小说产生了深远的影响。文艺复兴时期西班牙小说的最高成就是塞万提斯的《堂吉诃德》。

## 五、英国文学

文艺复兴时期英国人文主义主要的作家作品有:乔叟(1340?—1400)的《坎特伯雷故事集》(1387—1400)、托马斯·莫尔(1478—1535)的对话体幻想小说《乌托邦》(1516),后者被认为是欧洲近代空想社会主义小说的开端,在欧洲文学史上占有特殊地位。此外还有斯宾塞(1552—1599)的长诗《仙后》以及"大学才子派"中马洛(1564—1593)的悲剧《帖木儿》(1587)、《马耳他岛的犹太人》(1590)、《浮士德博士的悲剧》(1592)等。

英国文艺复兴时期最主要的文学成就是人文主义戏剧,"大学才子派"的创作为英国戏剧的发展做出了贡献,为大戏剧家的出现奠定了基础。英国乃至欧洲文艺复兴时期最伟大的作家是莎士比亚。

## 第二节 塞万提斯

### 一、生平与创作简介

米盖尔·德·塞万提斯·萨阿维德拉(1547—1616)是文艺复兴时期西班牙最重要的作家。他出身于破落贵族家庭,父亲是个穷医生。塞万提斯在学生时期就受到人文主义的熏陶,后来,他随教皇特使来到意大利,广泛接触了文艺复兴时期的新文化。青年时期的塞万提斯是个充满英雄主义、理想主义精神的热血青年。他参加过对土耳其的战争,在勒班多海战中受伤,左手致残。回国途中,他被土耳其海盗俘至阿尔及尔,服了5年苦役。1580年,亲友赎他回国。在祖国,他穷困潦倒,受尽磨难。他曾在军队做粮油采购员,但不久被诬入狱。后来他又做收税官,但因储存税款的银行倒闭,无力赔偿欠款而再次入狱。在做小公务员的十余年间,塞万提斯奔波于城市和乡村之间,看到了人民的疾苦和社会的黑暗,这对他的文学创作产生了很大影响。1603年,塞万提斯搬到瓦利阿多德的一所下等公寓里,居住环境恶劣,生活拮据,但他坚持创作。两年后,完成了长篇小说《堂吉诃德》的第一部。小说一经出版,立即引起轰动,一年之内再版6次。但命运并没有垂青这位贫穷的作家,不幸又接踵而至。1605年和1611年,塞万提斯两次被诬下狱和出庭受审,法院又逼迫他偿还当税务官时的债务。不久,他的亲人相继去世。在这种不幸的境遇中,塞万提斯顽强地坚持创作,达到了他一生的创作高峰期。1616年,塞万提斯患水肿病去世。

塞万提斯一生写过不少剧本、诗歌和小说,主要有:悲剧《努曼西亚》(1584)、田园小说《伽拉苔亚》(1585)、长诗《帕尔纳索斯游记》(1605)、《训诫小说》(1605)、《八出喜剧和八出幕间短剧》(1615)、长篇小说《堂吉诃德》(1605—1615)和《贝雪莱斯和西吉斯蒙达历险记》(1616)等。

## 二、《堂吉诃德》

《堂吉诃德》全名为《奇情异想的绅士堂吉诃德·德·拉·曼却》,共两部,是塞万提斯最重要的作品。这部小说的成功使塞万提斯成为西班牙文学史上的重要作家,并奠定了他在世界文学史上的地位。

《堂吉诃德》模拟骑士小说的写法。小说的主人公原名阿伦索·吉哈达,是一个读骑士小说走火入魔的乡绅,他从家中找出一副破烂不堪的盔甲,物色了邻村的一个挤奶姑娘作为自己为之效力的意中人,又说服农民桑秋·潘沙做侍从。主仆二人的三次游侠闹出许多荒唐可笑之事,又都以堂吉诃德挨打受苦而告终。最后,邻居为使他放弃游侠化装成"白月骑士"与他比武,败下阵来的堂吉诃德不得不回家。临终前,堂吉诃德终于醒悟,嘱其继承人如嫁给骑士将被剥夺继承权。

塞万提斯创作《堂吉诃德》的动机是打击骑士文学。17世纪初期,骑士文学在欧洲其他国家已经过时,而在西班牙却仍相当流行,这与当时西班牙封建势力强大,王权鼓吹向海外扩张有关。塞万提斯通过堂吉诃德的荒唐行为和悲惨遭遇,嘲笑了骑士制度和骑士道德,指出骑士小说对人的毒害,给骑士小说以致命的打击,在当时的文坛具有进步意义。自《堂吉诃德》出版后,西班牙的骑士小说便绝迹了。

## (一) 小说中的主要人物形象

堂吉诃德是小说的主人公。他是一个理想主义的牺牲品,一个高尚而不切实际、以喜剧面貌出现的悲剧典型。这一形象最显著的特征是脱离实际,耽于幻想。他满脑子都是骑士小说中所描写的东西:魔法、妖怪、巨人、仗义行侠等等。为此,他闹尽笑话,表现了其性格固执与荒唐的一面。但是,他出外游侠,既是为了建立骑士的荣誉,也是为了打抱不平、济世救人、主持正义。他认为自己是在消灭妖魔鬼怪,奉行的原则并不完全是骑士制度那套虚伪的东西。由此可见,在堂吉诃德骑士精神的外衣下,还包含着人文主义的理想。但他盲目冒险的做法,想在当时恢复过时的骑士制度、以单枪匹马打天下的办法解救人民的幻想,决定了他必然失败,必然成为一个受人嘲笑的滑稽人物。所以,这个人物很复杂,既可笑又令人敬佩;既有喜剧性,又有悲剧因素;既是作者讽刺的对象,又是作者理想的化身。

与堂吉诃德相反,小说的另一人物桑丘是一个讲求实际的农民。他善良、机智,好贪图小利。最后在堂吉诃德的影响下,他也变得正直、无私了。在当海岛总督时,桑丘发挥了自己农民式的聪明才智。

## (二) 小说的艺术特点

《堂吉诃德》模仿骑士小说的写法,吸收了这种体裁的长处。它以主人公游侠为中心线索,无拘无束地描写社会的各个方面。书中有各个阶层的人物,广泛涉及了当时的政治、经济、道德、文化、风俗等方面的问题,真实全面地反映了16世纪末17世纪初西班牙的社会现实,揭露了西班牙封建制度的罪恶以及统治者的残酷本性,同时也揭示了当时西班牙社会由盛而衰、危机四伏的实质。小说还描写了一幅幅人民遭受干旱、饥馑、苦役、逮捕之苦的悲惨的生活图画。

在小说中穿插了许多中短篇小说,或独立成章,或交织在主要情节之中,表现出早期长篇小说在结构上的特点。

小说主要用夸张和反复的手法来塑造人物。堂吉诃德和桑丘形成对比,突出了人物性格。

小说的缺点是结构松散,情节有疏漏,次要人物性格不够鲜明。

## 第三节 莎士比亚

莎士比亚是文艺复兴时期英国最伟大的诗人和戏剧家,也是欧洲文学史上声望最高、影响最大的作家之一。

### 一、生平与创作简介

威廉·莎士比亚(1564—1616)出生在英国中部沃里克郡艾汶河畔的斯特拉斯福镇。他的父亲原是一个自耕农,后移居到镇上经商,成为较富裕的市民并做过镇长。莎士比亚7岁进当地文法学校读书,后因家道中落而辍学。约20岁时他到首都伦敦谋生,曾做过剧院杂役、配角演员,后写剧本,收入随着剧本创作的成功而丰厚起来。1599年,他成为当时伦敦最豪华的环球剧院的股东,并在家乡买了一些产业。约在1610年,莎士比亚回到斯特拉斯福镇居住,1616年4月23日去世,葬在镇上的三一教堂。

莎士比亚一生创作了37个剧本、2部长诗、1部十四行诗集。他的创作一般可分为三个时期：

1. 1590—1600年，又称作历史剧、喜剧时期。这一时期正是英国伊丽莎白女王统治的极盛时期，英国社会呈现出繁荣的景象。莎士比亚这一时期的创作基调是明朗乐观的。主要作品有历史剧《亨利四世》（上、下篇，1597）、《亨利五世》（1599），喜剧《威尼斯商人》（1597）、《无事生非》（1599）、《皆大欢喜》（1600）、《第十二夜》（1600），悲剧《罗密欧与朱丽叶》（1595）。

莎士比亚在这一时期共写了9部历史剧。这些作品主要从16世纪英国历史学家荷林西德的《英格兰、苏格兰、爱尔兰编年史》中选材，但又不拘泥于史实，而是借历史表达自己拥护中央集权、反对封建割据的人文主义政治思想。《亨利四世》（上、下篇）是莎士比亚最好的历史剧。剧本着重描写亨利太子从一个浪子转变为贤明君主的过程，塑造了一个理想的国王形象。剧中另一个著名形象是胖骑士福斯塔夫，他是莎士比亚笔下成功的喜剧形象。

莎士比亚在这一时期还写了10部喜剧，其基本主题是歌颂爱情和友谊。《威尼斯商人》是莎士比亚重要的喜剧作品。威尼斯商人安东尼奥为了帮助朋友巴散尼奥求婚而向高利贷者夏洛克借了三千元钱，出于嫉妒，夏洛克要求订立到期不还就在安东尼奥胸前割一磅肉的契约。安东尼奥经商失败，不能还债，夏洛克要求履约，实际是想置他于死地。巴散尼奥的女友鲍西娅女扮男装在法庭上巧妙地与夏洛克周旋，终于击败了敌手。作品成功塑造了吝啬冷酷的高利贷者夏洛克，以及追求爱情自由、才智超群、见义勇为的女性鲍西娅的形象。

《罗密欧与朱丽叶》是莎士比亚早期著名的反封建爱情悲剧。

一对生活在维洛那的男女青年罗密欧和朱丽叶一见钟情,但因为分属有世仇的两个家族而不能结合。劳伦斯神父为他们秘密举行了婚礼并安排他们逃离维洛那,但由于偶然的失误,两人先后殉情。最终两个家族鉴于这一世仇所酿成的悲剧而捐弃前嫌。剧本表现了谴责封建家族仇杀和歌颂爱情友谊的主题,充满抒情色彩。

2. 1601—1607年,又称作悲剧时期。这一时期是英国资产阶级革命的前夕,社会动荡不安。莎士比亚的思想也发生了变化,作品从对人文主义理想的歌颂转为对现实的严峻批判,表现出一种悲愤、阴郁的情调。这一时期的创作在思想和艺术上都达到了莎士比亚创作的最高水平,主要作品有四大悲剧《哈姆莱特》(1601)、《奥瑟罗》(1604)、《李尔王》(1606)、《麦克白》(1606),悲剧《雅典的泰门》(1605)、《安东尼与克莉奥佩特拉》(1607)、《科利奥兰纳斯》(1607),以及被称作"阴暗的喜剧"的《特洛依勒斯与克瑞西达》(1602)、《终成眷属》(1603)、《一报还一报》(1603)。其中以四大悲剧更为重要。

莎士比亚悲剧的主要内容是写人文主义的美好理想与丑恶现实之间的矛盾,写人文主义理想的破灭。如《奥瑟罗》写奥瑟罗由于没有识破伊阿古的阴谋诡计而对妻子苔丝德蒙娜的贞节发生怀疑,结果导致了爱情理想的破灭。《李尔王》写李尔的两个女儿用花言巧语骗到了父亲的财产,而后就把老父一脚踢出家门,使李尔沦为乞丐,表现了传统伦理道德的崩溃和时代的残酷性。《麦克白》的主题则是谴责统治者个人野心的罪恶,野心使得一个英雄走上了堕落和毁灭之路。莎士比亚的悲剧还塑造了一批理想的人文主义者形象,如奥瑟罗、苔丝德蒙娜、考狄利亚、哈姆莱特等。

3. 1608年以后,又称作传奇剧时期。莎士比亚恢复了人文主义理想的信念,重新探索实现这一理想的途径。这一时期他创作了一系列传奇剧,主要有《辛白林》(1609)、《冬天的故事》(1610)、《暴风雨》(1612)等。在这些作品中,主人公往往先遭难后幸福,解决矛盾的办法往往是一些偶然的因素。其中以《暴风雨》最为重要。

## 二、《哈姆莱特》

《哈姆莱特》写于1601年,是莎士比亚的代表作。

### (一) 剧情简介

正当丹麦王子哈姆莱特在德国威登堡大学上学时,国内发生了变故。他的父亲老国王去世,叔叔克劳狄斯登上王位,并娶了前国王遗孀为后。后来,哈姆莱特见到了父亲的鬼魂,得知是克劳狄斯害死了父亲,决心替父报仇。哈姆莱特先装疯以便隐藏自己,克劳狄斯派了哈姆莱特的两个好友及他的情人奥菲莉亚来探虚实,都被他识破。但哈姆莱特错杀了大臣波洛涅斯,使克劳狄斯有借口把他送往英国,企图借英王之手杀害他,哈姆莱特识破了奸计。克劳狄斯又设计了一场比武,企图用真剑、毒剑、毒酒三重陷阱杀死哈姆莱特。最后,哈姆莱特杀死了克劳狄斯,其母饮毒酒而死,哈姆莱特也与敌人同归于尽。

《哈姆莱特》取材于《丹麦史》中的一个古老的故事。剧情虽然写的是中世纪的丹麦宫廷,但剧中描写的乱世却很容易使人联想到16世纪末17世纪初的英国现实,作品借写历史反映了伊丽莎白女王统治末年英国社会的特征。

## (二) 哈姆莱特的形象

哈姆莱特是一个文艺复兴时期人文主义者的典型。他品格高尚,多才多艺,对现世、人生、人与人的关系、爱情、友谊都有与传统教会观念不同的看法。但哈姆莱特在剧中出现时却忧心忡忡,忧郁成为他性格的特征之一,其原因是现实与他的人文主义理想相悖。哈姆莱特回到丹麦时,国家正逢乱世。他不断思考人生的意义和自己的责任,不断地与敌人周旋,却始终没有下手杀死克劳狄斯。哈姆莱特行动延宕的原因主要是他意识到自己的责任不仅是替父报仇,还要按照人文主义理想改造现实,改变这个颠倒混乱的社会,在这一方面他感到力不从心。哈姆莱特之所以不能完成改造现实的任务有两方面的原因。从客观上看,当时反动势力过于强大,处于萌芽状态的先进势力还不能战胜强大的恶势力。从主观上讲,人文主义理想本身也存在局限。所以,哈姆莱特最终报了父仇,但他自己也与敌人同归于尽,并没有完成改造世界的任务。哈姆莱特是西欧早期资产阶级文学中一个比较完整的理想人物的形象,具有高度的典型性。

## (三)《哈姆莱特》的艺术成就

《哈姆莱特》基本上是遵循现实主义原则进行创作的,但莎士比亚的现实主义原则又有自己的独特性:他常取材于现成的材料或剧本,而不是直接取材于现实;他在旧故事的骨架中填入现实生活的画面,注入时代的灵魂。同时,莎士比亚的戏剧又不乏浪漫主义色彩,现实主义与浪漫主义紧密相联。

《哈姆莱特》通过一个宫廷复仇故事折射出时代和社会的变化,笔触所及上至宫廷,下至市井,反映出广阔的社会生活画面;剧本情节波澜起伏,戏剧冲突紧张尖锐,在一出悲剧中不时加进喜剧因素;人物性格鲜明生动,呈现出多面性和复杂性,并且性格始终处在发展中。通过对比和人物的内心独白来展示人物性格也是莎士比亚常用的手段。他的戏剧语言丰富多彩,词汇量大;人物语言高度个性化;善于运用比喻和隐喻以及形象化的语言;剧本主要用诗体,同时又是诗与散文的巧妙结合。《哈姆莱特》在艺术上的特点能够代表莎士比亚戏剧创作的一般特点。

# 第四章　17世纪欧洲文学

## 第一节　概　述

17世纪的欧洲仍处在封建制度崩溃、资本主义继续发展的时期,广大人民群众反对封建制度的革命斗争也在持续。17世纪最重大的历史事件是英国资产阶级革命。17世纪欧洲各国政治经济的发展是不平衡的,文学的发展也是不平衡的,处在领先地位的是英国和法国的文学。

### 一、英国文学

17世纪的英国由于资本主义的迅速发展,资产阶级与占统治地位的封建贵族地主的矛盾十分激烈,终于爆发了资产阶级革命:1649年国王的军队被以克伦威尔为首的革命军队战败,国王查理一世被斩首示众。革命后,大资产阶级害怕劳动人民有进一步的民主要求,于1660年从国外迎回查理二世做国王,英国经历了二十多年的王权复辟时期。1688年又发生"光荣革命",资产阶级发动政变,推翻了复辟王朝。英国革命最终以建立君主立宪制的政权而告终。

英国资产阶级革命带有强烈的宗教色彩,因革命派都是清教徒又被称为清教革命。清教是以中小资产阶级为基本成员的基督教派别,他们反对英国国教派,反对教会礼仪的铺张浪费,谴责世间一切物质享受,提倡所谓勤俭节欲、洁身自好的精神境界,作为处在上升时期的资产阶级的生活态度有其积极的一面。诗人弥尔顿即是一位清教徒革命家,也是17世纪英国文学最主要的代表。

约翰·弥尔顿(1608—1674)出身于伦敦一个富裕的清教徒家庭。16岁进剑桥大学基督学院,先后获学士、硕士学位。青年时期,弥尔顿研究过古代和文艺复兴时期的文学和哲学,并访问过意大利的许多著名城市,接触到灿烂的意大利文化。英国资产阶级革命酝酿时期,弥尔顿放弃了自己在国外学习访问的计划,回到伦敦积极参加反对国教的论战,发表了许多政论。1649年共和国成立后,弥尔顿日夜为新生的政权工作,因操劳过度而双目失明。复辟时期,弥尔顿遭到迫害,曾一度被关押。晚年全力投入诗歌创作,完成了三部借宗教题材表现革命内容的诗作——《失乐园》《复乐园》《斗士参孙》。

长诗《失乐园》(1667)取材于《旧约·创世记》,作品借亚当夏娃失去乐园和魔鬼撒旦反叛上帝的故事表现了作家对英国革命的反思。这部长诗是弥尔顿最重要的作品,它与《伊利昂纪》《埃涅阿斯记》和《神曲》一起被认为是西方史诗的典范。长诗《复乐园》(1671)取材于《新约·马太福音》,写耶稣拒绝撒旦的诱惑坚持自己理想的故事。耶稣的形象体现了复辟时期革命者的崇高气节和精神面貌。诗剧《斗士参孙》(1671)取材于《旧约·士师记》,借参孙的形象表现了诗人从不妥协、渴望复仇的革命情怀。弥尔顿的创作反映了英国清教徒革命家的思想面貌,在艺术上继承了古代史诗和悲剧的风格。

除弥尔顿的创作外,17世纪英国的主要作家作品还有:宫廷古典主义文学的代表人物约翰·德莱顿(1608—1674);约翰·班扬(1628—1688)的讽喻小说《天路历程》(1678)等。

## 二、法国文学

17世纪的法国专制君主制发展到极盛时期。在此基础上产生的法国古典主义文学达到了欧洲先进水平。

17世纪的法国处在资产阶级与贵族阶级势均力敌的状况,王权在资产阶级与贵族的较量中是一种中间力量。它制止了封建割据,维护了国家的统一,保护了资本主义工商业,起到了一定的进步作用。政治上的集中统一反映在文艺上,出现了王权控制文艺、资产阶级文艺家依附王权的现象。于是一种主张文艺应遵循统一的原则、服从王权支配的文学流派应运而生,因其把古代希腊罗马文学奉为典范而被称为"古典主义"。

### (一) 古典主义文学的特征

古典主义文学主要有如下特征:

1. 在政治上拥护王权,维护国家统一。古典主义作家把歌颂国王、维护国家利益、宣扬公民义务和责任作为自己的职责。

2. 在思想上崇尚理性。古典主义产生的思想基础是唯理主义。唯理主义哲学家笛卡尔认为人的理性至高无上,人可凭着理性思维认识世界。文艺理论家布阿洛把理性当作文学创作和评论的最高标准。高乃依、拉辛、莫里哀等古典主义作家也按照理性的原则进行创作。

3. 在艺术创作上提倡模仿古典,重视规则。古代罗马文学中所宣扬的公民精神和艺术上的典雅严谨更为古典主义者所推崇。

在诸多创作原则中,戏剧创作的"三一律"尤其重要。"三一律"即时间、地点、动作的三个整一(一个剧本的情节只能限制在同一事件,事件发生在同一地点,剧情包含的时间只能在 24 小时之内)。"三一律"是在研究古希腊亚里士多德的戏剧创作原则基础上加进古典主义者自己的理解而制定出来的。

古典主义在文学史上约占了 200 年的统治地位,到 19 世纪初期才被浪漫主义文学运动所取代。

## (二)法国古典主义主要作家作品

法国古典主义文学的主要成就是戏剧。悲剧的代表作家主要有高乃依和拉辛,喜剧代表作家主要有莫里哀。

彼埃尔·高乃依(1606—1684)是法国古典主义悲剧的创始人。他的代表作是悲剧《熙德》(1636 年上演)。剧本取材于西班牙的传说故事。主人公罗狄克和施曼娜相爱,而他们的父亲老将杰葛和伯爵高迈斯却是仇敌。罗狄克为了维护家族荣誉不得不去杀死爱人的父亲,施曼娜为了家庭不得不要求国王惩处凶手。这时摩尔人入侵,罗狄克英勇抗敌,被人们尊为"熙德",最终,国王成全了他与施曼娜的爱情。作品表现义务与感情的冲突,剧中人物以理智战胜感情,为了尽义务而牺牲个人幸福。这些矛盾最后都在国家利益高于一切的原则下和贤明君主的帮助下得到解决,体现了理性原则的光辉。

让·拉辛(1639—1699)是法国古典主义隆盛时期的悲剧作家。他的作品被认为是法国古典主义悲剧的最高成就,代表作是《安德罗马克》(1667)和《费德尔》(1677)。《安德罗马克》取材于希腊悲剧。剧本塑造了安德罗马克这个既有高尚感情、又有高度理性的妇女形象。同时通过敌方诸形象(如庇吕斯、爱尔米奥娜等)的描写,影射了法国宫廷和贵族社会的黑暗与腐败。《费德尔》写主人公受情欲驱使而走上犯罪道路的故事,其思想倾向是谴责贵族社会中道德堕落的现象。

此外,法国古典主义的主要作家还有寓言诗人拉封丹(1621—1695)和文艺理论家布阿洛(1636—1711)。布阿洛的代表作是诗体文艺理论著作《诗的艺术》(1674),在书中他提出了一整套古典主义文艺理论主张。

法国古典主义最重要的作家是喜剧作家莫里哀。

## 第二节　莫里哀

莫里哀是17世纪法国古典主义文学中最富有民主倾向的作家,也是古典主义文学的代表作家。

### 一、生平与创作简介

莫里哀(1622—1673)的本名是让-巴蒂斯特·波兰克,1622年出生于巴黎的一个宫廷室内装潢商家庭,受过良好的教育。莫里哀从小喜欢戏剧,中学毕业后,他不顾社会偏见,与几个志同道合的朋友组成"盛名剧团"在巴黎演戏。从这时起,他开始用"莫里哀"作为艺名。但剧团因经营不善而负债累累,莫里哀被债主们投进了监狱。后来,他的父亲把他赎了出来。但莫里哀并没有遵从父命而改弦更张,他又与几个朋友参加了另外一个剧团到外省巡回演出去了。此后的12年间,莫里哀的足迹踏遍了大半个法国。他深入民间,学习为群众所喜爱的闹剧,学习靠演技取胜的意大利职业喜剧。待他重新回到巴黎时,已是小有名气了。国王的兄弟出面支持他的剧团,莫里哀逐渐在巴黎站稳了脚跟。莫里哀一生写了近 30 个剧本。他不仅写剧本,而且做导演、演员、剧团的领导者,为法国的戏剧事业做出了杰出的贡献。

莫里哀的创作一般分为三个时期:

1. 1658—1663 年,这是他政治上靠拢王权、艺术上逐渐接受古典主义并取得初步成就的时期。主要作品有《可笑的女才子》(1659)、《丈夫学堂》(1661)、《太太学堂》(1662)、《〈太太学堂〉的批评》(1663)、《凡尔赛宫即兴》(1663)。其中以《太太学堂》最为重要。剧本集中打击夫权主义的封建道德,并提出了妇女地位、妇女教育、家庭关系等问题。它的产生标志着法国古典主义喜剧的形成,同时开欧洲近代社会问题剧之先河。

2. 1664—1668 年,这一时期是莫里哀创作的全盛期。主要作品有:揭露贵族阶级的《唐·璜》(1665)、《愤世嫉俗》(1666);揭露资产阶级拜金主义的《吝啬鬼》(1668),这部作品中的富商和高利贷者阿尔巴贡是文学史上的著名形象;揭露资产阶级虚荣心的《乔治·当丹》(1668)等。另外,创作于这一时期的《达尔杜弗》是莫里哀的代表作,也是欧洲古典喜剧最有代表性的作品之一。

3. 1669 年以后的创作继续发挥前两个时期所表现的主题:揭露封建贵族和资产阶级,坚持反封建的方向。主要作品有《贵人迷》(1607)、《女学者》(1672)、《司卡班的诡计》(1671)和《没病找病》(1673)。

## 二、《达尔杜弗》(又译《伪君子》)

《达尔杜弗》是莫里哀最重要的作品,主要内容是揭露教士的虚伪面目。剧本 1665 年 5 月在凡尔赛"仙岛狂欢"盛大游园会上演出,立即遭到教会和封建顽固势力的反对,被迫停演。1667 年再度上演,再度被禁。直到 1669 年,宗教迫害暂时缓和,经过莫里哀的斗争,此剧才得以公演,演出获得极大成功。

## (一) 剧情简介

教士达尔杜弗用欺骗的手段博得了富商奥尔恭的信任,住进了他的家。奥尔恭对达尔杜弗深信不疑,百般款待。他不但想把女儿嫁给达尔杜弗,还告诉了达尔杜弗一个危险的秘密:他的家中藏着一个政治犯留下的文件匣。达尔杜弗既想娶奥尔恭的女儿,又垂涎于奥尔恭的太太欧米尔的美貌。奥尔恭的儿子看穿了达尔杜弗的真面目,向父亲告发了他的丑恶行为。但奥尔恭由于对达尔杜弗迷信太深,不但不相信儿子的话,还把他赶出家门,并且把财产继承权也给了达尔杜弗。太太欧米尔为了使丈夫认清达尔杜弗的真面目,让他躲在桌下偷听达尔杜弗是怎样勾引自己的,奥尔恭终于醒悟了。他想把达尔杜弗赶出家门,但为时已晚。达尔杜弗得到了财产继承权,还要把奥尔恭私藏政治犯文件匣的事告发,这样一来,奥尔恭就要被捕入狱。正在这紧要关头,英明的国王发现达尔杜弗是个骗子,下令将他逮捕,奥尔恭一家才脱离险境。

## (二) 达尔杜弗的形象特征

在17世纪的法国,教会是政治统治的支柱,对人们思想的控制十分严酷。教士们假仁假义、口是心非是一种普遍现象。他们有的混进良心导师的队伍,进入教徒的家中,刺探人们的思想,迫害异教徒和具有自由思想的人。《达尔杜弗》的主人公达尔杜弗就是这样的人。

达尔杜弗是外省的一个没落贵族,后成为职业宗教骗子。他表面上虔诚无比,劝诫信徒们要抛弃人世间的一切欲望,而他自己却贪吃贪睡、贪财贪色,还企图加害有恩于他的奥尔恭。伪善是这一形象的基本特征。

### (三)《达尔杜弗》的思想内容及艺术特点

作品通过达尔杜弗的形象深刻地揭露了教会的伪善本质,同时指出了伪君子的巨大危害性。在艺术上,作品有如下特点:①剧本的情节遵守古典主义"三一律"的原则;②成功塑造了达尔杜弗的形象,是一出典型的性格喜剧;③结构严整紧凑、层次分明;④在喜剧中含有不少悲剧性因素。

# 第五章  18世纪欧洲文学

## 第一节  概  述

18世纪是欧洲阶级矛盾尖锐、反封建斗争极为紧张激烈的时期。欧洲各国情况不尽相同。就主要国家而言,英国建立了君主立宪制后,于18世纪中叶发生了工业革命,但资产阶级仍有反封建残余的任务;法国于1789年发生资产阶级革命,也是资产阶级反对封建制度的一次最彻底的斗争;德国发展较为缓慢,国家一直处于封建割据状态。

### 一、启蒙运动及其主要主张

启蒙运动是发生在18世纪的第二次全欧性的资产阶级反封建反教会的思想革命运动,是反封建革命的思想准备。它诞生在法国,贯穿18世纪始终。启蒙即宣传科学和理性,揭露宗教蒙昧主义、狂热和迷信,反对封建主义特权和黑暗统治,把人性从神权和王权的桎梏中解救出来。启蒙运动是文艺复兴反封建反教会斗争的继续和发展,但它比文艺复兴带有更强烈的政治革命的性质。

启蒙主义者有以下主要主张：

1. 反对封建专制统治和贵族特权。他们认为宗教迷信和专制制度是封建制度罪恶的集中表现，这也是启蒙主义者攻击的主要目标。启蒙主义者提出自然神论和无神论来否定教会的神权统治。他们还提出自由、平等这两个极具号召力的著名口号来反对封建专制统治和贵族特权。

2. 崇尚理性，把思维的理性当作一切现存事物的唯一评判标准和批判旧制度的思想武器。

3. 用理性的光辉描绘未来的社会，认为消灭了封建制度之后就可以建立一个自由、平等、人人幸福的理想社会。

启蒙主义者反封建的活动带有极大的进步意义，但又有局限性。如他们过分强调思想意识的作用，在启蒙人民群众的同时，也企图通过启蒙统治者而使他们成为"开明君主"，实行开明政治等等。虽然如此，启蒙主义思想家仍然不失其伟大。

## 二、启蒙文学的特征

启蒙文学和英国的现实主义小说是18世纪欧洲最主要的文学成就。启蒙文学表现出如下特征：

1. 具有强烈而鲜明的政治倾向性。启蒙文学作家往往是启蒙主义者，文学是他们表达启蒙思想、批判封建主义的工具；他们还特别强调文艺的社会功能和教育意义。

2. 在文学创作与理论领域同以往相比发生了深刻的变化。如主人公不再是帝王将相，而是平民百姓；提出"要真实、自然"的近代资产阶级现实主义新文艺的纲领；在题材上主张写一般市民的家庭日常生活，反对贵族文学矫揉造作的风格；在体裁上出现了市民剧、现实主义小说、哲理小说、书信体小说、教育小说等新的文学形式。

启蒙文学是欧洲文学从古典主义向近代意义的现实主义转变的关键。

## 三、英国文学

这一时期英国文学的主要成就有:现实主义小说和感伤主义文学。

丹尼尔·笛福(1660—1731)是英国现实主义小说的奠基人。代表作是《鲁滨逊漂流记》(1719)。作品写主人公鲁滨逊在海外的冒险以及他在一座荒岛上生活了28年的经历。当时的英国正处在资本主义蓬勃发展的时期,《鲁滨逊漂流记》正表现了新兴资产者勇于进取、追求财富以及冒险的精神。鲁滨逊是西方文学史上第一个正面的形象。

约拿旦·斯威夫特(1667—1745)的代表作是寓言小说《格列佛游记》(1726)。与《鲁滨逊漂流记》对资产者进行正面歌颂不同,小说以幻想游记的形式,对当时的英国现实进行了批判和讽刺。

萨缪尔·理查生(1689—1761)的代表作是书信体小说《帕美拉》(1740—1741)。小说描写一个女仆抗拒贵族主人的引诱,始终保持贞操,最终成为主人正式妻子并赢得人们尊重的故事。小说发表后获得巨大成功。

亨利·菲尔丁(1707—1754)的代表作是小说《弃儿汤姆·琼斯的历史》(1707—1754)。小说写弃儿汤姆不幸的生活遭遇以及他和苏菲亚的爱情波折,最终汤姆弄清了身世,有情人终成眷属。小说以汤姆和苏菲亚的足迹为主要线索,广泛地展现了社会生活画面。亨利·菲尔丁的创作是18世纪英国现实主义小说最主要的成就。

感伤主义文学的主要作家作品有：斯特恩（1713—1786）的《感伤的旅行》（1768）和哥尔德斯密斯（1730—1774）的《威克菲牧师传》（1768）。

## 四、法国文学

法国是启蒙运动的故乡，18世纪初期启蒙主义的代表人物有孟德斯鸠和伏尔泰。

孟德斯鸠（1689—1755）的代表作是书信体小说《波斯人信札》（1721）。作品写两个波斯青年在巴黎的见闻，以嬉笑怒骂的方式讽刺法国社会的弊端。这部作品开法国哲理小说的先河。

伏尔泰（1694—1778）的主要文学成就是哲理小说，共写了26部哲理小说。著名的有《查第格》（1747）、《老实人》（1759）、《天真汉》（1767）。《老实人》是伏尔泰的代表作，它描写男爵的养子"老实人"因与主人女儿恋爱而被赶出家门，到处流浪，最终与恋人团聚的故事，通过老实人的经历揭露封建统治和教会的罪行，揭露社会的丑恶现象，有启发人们对现实不满进而起来革命的作用。小说以生动的形象和丰富的情节来说明哲理。

18世纪中期法国的启蒙主义运动发展到成熟阶段。围绕编纂《百科全书》而形成了启蒙主义的"百科全书派"，主要代表有狄德罗和卢梭。

德尼·狄德罗（1713—1784）是《百科全书》的组织者和主编。主要作品有小说《修女》（1796）、《宿命论者雅克和他的主人》（1796）、《拉摩的侄儿》（1823）。《拉摩的侄儿》是对话体小说，拉摩是一个有名的音乐家，他的侄儿天资聪颖，但因贫穷而沦落为富人家的食客、诗歌无赖和恶棍。作品告诉读者，拉摩的侄儿之所以如此是不合理的社会造成的,具有强烈的批判性。

让-雅克·卢梭(1712—1778)是"百科全书派"最具民主倾向的思想家和文学家。主要作品有三部:《新爱洛漪丝》(1761)、《爱弥儿》(1762)和《忏悔录》(1781—1788)。《新爱洛漪丝》是一部反封建的爱情悲剧小说;《爱弥儿》是一部宣扬顺乎天性的教育小说;《忏悔录》是作者的自传。

这一时期法国戏剧的主要代表是博马舍(1732—1799)。他最主要的作品是剧本"费加罗三部曲"中的《塞维勒的理发师》(1775)和《费加罗的婚姻》(1778)。作品的主要内容是反封建、歌颂第三等级。

## 五、德国文学

18世纪的德国政治分裂,经济落后,资本主义发展缓慢。德国的先进分子不可能像英法的先进人士那样投身于实际的革命运动,只能在精神领域寻求发展,这带来了德国文学的复兴。40年代后,德国文学开始走向繁荣,莱辛是其奠基人。

高特荷德·埃夫拉姆·莱辛(1729—1781)是美学理论家、作家和戏剧家。他的论著《拉奥孔》(1766)和《汉堡剧评》(1767—1769)对西方现实主义理论和美学思想的发展做出了重要贡献。著名喜剧有《爱米丽雅·迦洛蒂》(1722)等。

18世纪70年代,德国发生了"狂飙突进"运动。它因克林格尔的同名剧本而得名,赫尔德尔是这一运动的精神领袖。"狂飙突进"运动是一场全国性的文学运动,它是启蒙运动的继续和发展,也把矛盾指向封建制度,但比启蒙运动具有更强烈的反封建精神,并带有狂热的、脱离人民的个人主义性质。由于德国不具备进行政治革命的客观条件,"狂飙突进"运动始终局限在文学领域。

歌德和席勒是"狂飙突进"运动最主要的作家。

约翰·克里斯托弗·弗里德里希·席勒(1759—1805)是诗人、美学理论家和剧作家。他青年时期最主要的作品是悲剧《阴谋与爱情》(1784),作品通过宰相之子菲迪南和音乐师之女露依斯的爱情悲剧,有力地控诉了专制统治的暴虐和宫廷的腐败黑暗。席勒和歌德合作后的主要作品有《华伦斯坦》(1799)、《奥尔良姑娘》(1801)、《威廉·退尔》(1803)。《威廉·退尔》把14世纪瑞士的史实和民间关于退尔的传说结合起来,描写人民群众反侵略反封建的斗争。

## 第二节 歌 德

### 一、生平与创作简介

约翰·沃尔夫冈·歌德(1749—1832)是伟大的德国作家和思想家,在欧洲文学史上占有重要地位。歌德出身于富裕市民家庭,少年时期受过良好的教育,后在斯特拉斯堡大学获法学博士学位。歌德在大学期间就对文学艺术抱有极大兴趣,并结识了当时德国反封建文学运动——"狂飙突进"运动的领袖赫尔德尔,后来他成为这一运动的重要成员并发表了历史剧和一些优美的抒情诗。书信体小说《少年维特的烦恼》(1774)是他青年时期最好的作品。小说描写了一个有理想、有才能的进步青年维特在平庸、鄙陋的现实社会中,因怀才不遇和失恋而自杀的故事。小说突出反映了德国当时进步青年的思想情绪,因而一出版就在德国引起"维特热",并且成为德国第一部具有世界影响的作品。

1775年开始,歌德在魏玛小公国作了10年朝廷官员,后到意大利旅居两年,回国后辞去官职。这一时期的主要作品有:剧本《埃格蒙特》(1788)、《伊菲格尼亚》(1779—1787)、《塔索》(1790)。1794 年,歌德与席勒相识,并开始一起从事写作。此后 10 年间,歌德创作了大量作品,主要有长篇小说《威廉·迈斯特的学习时代》(1795—1796)、叙事长诗《赫尔曼与窦绿苔》(1797)、《浮士德》第一部,同时进行了广泛的学术研究。

歌德的晚年是在隐居和埋头写作中度过的,完成的作品主要有:长篇小说《威廉·迈斯特的漫游时代》(1820—1829)、《亲和力》(1809)、自传《诗与真》(1811—1830)、诗集《东西合集》(1819)以及《浮士德》。歌德的一生是在矛盾斗争、不断进取、不断探索崇高理想中度过的。作为德国资产阶级的代表,他的思想和作品都充满了矛盾性。恩格斯在《诗歌和散文中的社会主义》一文中对歌德有非常精辟的评价。

## 二、《浮士德》

《浮士德》是歌德花费了半生精力创作的大型诗剧,取材于德国的民间传说。它主要讲述浮士德不断探索、不断进取、充满哲理的人生之旅。浮士德的经历象征着文艺复兴以来,欧洲资产阶级思想家 300 年的精神探索历程。《浮士德》具有史诗的宏大规模,其中包括古往今来的各种人物和各种场面。作家运用现实主义和浪漫主义相结合的创作手法,还采用了多种多样的诗歌形式和表现手段,千变万化、丰富多彩。

### (一)浮士德探求真理的一生及所表达的思想内容

浮士德是西欧资产阶级的代表,他的探索过程实际上代表了资产阶级进步人士自文艺复兴以来 300 年间的思想探索历程,其间经过了五个发展阶段。

1. 学者生活。浮士德为了探索宇宙的奥秘在阴暗的书斋里苦读,到老年才发现自己所学毫无用处。这种幻灭感使他想到了自杀。复活节的钟声和歌声把他引到郊外,他受到美好大自然和愉快人群的感染,更加渴望行动。魔鬼靡菲斯特出现,提出要与他打赌,如果他停止探索,就要死去。浮士德接受了魔鬼的条件,走出书斋,投身于现实生活。学者生活形象地体现了资产阶级自文艺复兴以来到宗教改革、"狂飙突进"运动的反封建精神。

2. 爱情生活。靡菲斯特使浮士德返老还童,他以爱情生活引诱浮士德。浮士德来到一个德国小镇,爱上了市民女子玛甘泪,但这场带有反封建色彩的恋爱最终以悲剧告终,说明沉迷于个人狭隘的爱情生活不是人生的理想。

3. 政治生活。浮士德不再耽于个人的感情生活,而是去追求更远大的目标。靡菲斯特把浮士德带到神圣罗马帝国,面对这个国家混乱腐败、老百姓群情激奋的局面,浮士德想有所作为,但实际上他只是个朝廷弄臣,根本不可能实现政治抱负。这段经历表明启蒙主义者想依靠开明君主改变社会现实的政治理想的不切实际。

4. 追求古典美。这一阶段涉及了欧洲遥远的历史。浮士德对现实政治生活失望,转而探索古代。浮士德与海伦(古代美的化身)的结合寓意着一部分资产阶级思想家幻想用古典美陶冶现代人精神,从而改良社会。浮士德与海伦的儿子欧福良以拜伦为原型,他要投身到远方人民争取自由独立的斗争中,但不幸陨落,海伦也随即消失。这一悲剧寓意用古典美来消除现实丑恶幻想的破灭。

5. 改造大自然。浮士德重新回到现实,他要通过发展生产力、改造大自然来实现理想。他发动群众移山填海建造了一个人间乐园,但这背后也出现了掠夺、欺诈、战争等残酷的一面。这一阶段是对19世纪初期资本主义生产力蓬勃发展的现实反映。

## (二) 浮士德和靡非斯特的形象特征

浮士德形象表现了资产阶级的两重性:既勇于进取,又贪图享受。他说,"凡是自强不息者,到头我辈均能救",这种永不满足、不断追求、努力向上、自强不息的精神,就是所谓浮士德精神。浮士德的一生,贯穿着批判现实的精神和辩证精神。他和恶的化身靡非斯特相互依存、相互作用,是一种辩证哲学的体现。

靡非斯特的形象体现了恶,体现了否定精神,他对一切都抱着轻蔑嘲笑的态度。他的清醒,往往能揭穿丑恶事物的本质。他引浮士德走出书斋,使之过享乐的生活,一再诱其作恶,实际上却使浮士德不断向真理前进、不断向善,成了浮士德前进道路上不可缺少的动力。作者通过靡非斯特表明了这样一个哲理:恶的作用不全是破坏,"人类正是在同恶的斗争中克服自身的矛盾而取得进步"的。

## (三)《浮士德》的艺术特点

《浮士德》具有庞大的艺术结构,采用了现实主义与浪漫主义相结合的创作方法,以及多种多样的诗歌形式和表现手段;善于运用矛盾对比的方法来安排场面,配置人物。

# 第六章　19 世纪欧美文学

## 第一节　概　述

### 一、19 世纪初期欧洲文学概述

18 世纪末 19 世纪初的欧洲,在社会政治方面和文艺方面,都处在重大转折时期。19 世纪头 30 年,在西欧文学中占主导地位的文学是浪漫主义,它的产生与社会政治、哲学和文学等多种因素有关,例如法国大革命、德国古典哲学和英法的空想社会主义学说、18 世纪英国的感伤主义文学、德国"狂飙突进"运动的文学和法国卢梭的创作。

#### (一) 浪漫主义文学的特征

浪漫主义作家强烈地不满现实,他们不喜欢如实地描写现实,而喜欢描写主观理想及非凡的事物;浪漫主义的作品具有鲜明的感情色彩,浪漫主义者反对古典主义和枯燥而冰冷的理性,作品着重抒发个人的感情和体验;浪漫主义作家热爱大自然,雄奇的大自然和远方异域是他们寄托理想和笔下人物经常出没的地方;浪漫主义作家对中世纪历史及民间传说很感兴趣,他们热衷于搜集民间传说故事,并进行加工创造;浪漫主义者要求个性解放和创作的绝对自由,反对古典主义的墨守成规和压制个性。他们在创作中采用多种体裁,尤其喜欢那些易于抒情的体裁,如抒情诗、抒情叙事诗、以神话传说为题材的戏剧和历史剧等。在表现手法上,喜欢用对比、夸张等手法,喜欢用华丽的辞藻、生动的比喻等。

## (二)德国文学

19世纪初期,德国文坛的中心人物是歌德和席勒。继之而起的文学新生力量是浪漫主义文学。由于当时封建势力顽强、经济落后的社会现实和唯心主义哲学思潮的影响,德国的浪漫主义文学蒙上了一层唯心主义和神秘主义的色彩,思想上消极的成分较多。

施莱格尔兄弟(奥古斯特·威廉·施莱格尔[1767—1845]、弗里德里希·施莱格尔[1772—1829])是德国早期浪漫派的重要理论家和代表人物,他们提倡个性解放,创作自由,不受任何规律的束缚,为德国浪漫主义文学的建立和发展做出了贡献。施莱格尔兄弟中年以后思想渐趋保守。蒂克(1772—1801)和诺瓦利斯(1773—1853)是德国早期浪漫派在创作上的代表,他们的共同特点是怀古遁世,反对启蒙主义。1802年以后,早期浪漫派逐渐解体。

拿破仑占领德国期间,一批被称为后期浪漫派的青年作家走上文坛,主要代表有布伦塔诺(1778—1842)和阿尔尼姆(1781—1831)。他们搜集加工出版民歌,发掘被人们忽视的文化遗产。在这方面有突出贡献的是格林兄弟(雅科布·格林[1785—1863]、威廉·格林[1786—1859]),他们加工整理了闻名世界的

《儿童与家庭童话集》(1812—1815)。

德国这一时期的浪漫主义作家还有霍夫曼(1776—1822)、沙米索(1789—1838)等。霍夫曼以充满神秘主义色彩的小说创作而著称。他善于通过奇异怪诞的故事来反映现实生活,写人被一种神秘的力量支配,无力主宰自己。他的怪诞风格对其他国家的一些作家产生了很大影响。代表作有《小查克斯》(1819)等。沙米索是德国浪漫派作家中思想比较进步的一个。他最著名的作品是童话体小说《彼得·史雷米尔奇异的故事》(1814),通过一个人用影子换得财富,但丧失了人的要素而痛苦不堪的故事,揭露了资本主义社会金钱带来的罪恶。

## (三) 英国文学

英国的浪漫主义文学是当时欧洲成就最高的文学。

"湖畔派"诗人华兹华斯(1770—1850)、柯勒律治(1772—1834)、骚塞(1774—1843)是英国最早出现的浪漫主义作家,因曾住在英国的昆布兰湖区而被称为"湖畔派"。在诗歌创作中,他们喜欢选取远离社会斗争的题材,讴歌宗法制的农村生活和自然景色,描述奇特神秘的故事和异国风光,常通过缅怀中古时代的淳朴来否定现代都市文明。包括华兹华斯和柯勒律治两人作品的《抒情歌谣集》(1789)是一部影响较大的作品,华兹华斯为其所作的再版序被认为是英国浪漫主义文学的宣言。华兹华斯十分热爱并善于描写大自然,被誉为"自然的诗人",《丁登寺》一诗描写了诗人感受到大自然灵感时的状态,并用神秘主义解释了大自然安慰人类灵魂的奇异功能,被认为是他的诗风的代表作。柯勒律治的代表作是长诗《古舟子咏》,它描写了一个老水手奇特的经历,极富浪漫色彩。骚塞也写过不少抒情叙事诗,他后来成为官方御用文人,歌颂暴君乔治三世的长诗《审判的幻景》(1821)曾受到拜伦的无情嘲讽。

与"湖畔派诗人"不同,雪莱(1792—1822)的创作充满民主主义的思想倾向和积极向上的精神。雪莱诗歌的主旨是反对暴政、歌颂自由、向往人类未来的美好社会。诗剧《解放了的普罗米修斯》(1819)是雪莱的重要作品,它取材于希腊神话和埃斯库罗斯的悲剧,表现了普罗米修斯无论遭到怎样可怕的折磨都绝不向暴君低头的顽强斗争精神,还描写了解放后没有阶级、没有压迫、人人平等的美好社会,表现了雪莱的革命乐观主义精神和空想社会主义思想。雪莱著名的作品还有长诗《仙后麦布》(1813)、《伊斯兰起义》(1818),悲剧《钦起》(1819),短诗《西风颂》《云》《云雀》等。

济慈(1795—1821)也是具有进步思想的英国重要浪漫主义诗人,仅25岁即英年早逝。主要作品有长诗《安狄米恩》(1817)、《伊萨贝拉》(1813)、《圣爱格尼斯之夜》(1819,未完成)、《许佩里翁》(1819)。济慈的一些短诗如《夜莺》(1819)、《希腊古瓮》(1819)等都是英国诗歌中的精品。

(拜伦详见专节。)

这一时期,英国在小说方面的主要代表有司各特和简·奥斯汀。司各特(1771—1832)以创作历史小说而著称,作品多描写苏格兰、英格兰和法国历史,并把历史资料和民间传说、浪漫主义和现实主义因素结合在一起。代表作有《艾凡赫》(1819)等。

奥斯汀(1775—1832)基本上是现实主义者,主要成就是描写外省中产阶级生活习俗以及女性恋爱婚姻的小说。代表作有《傲慢与偏见》(1813)等。

## （四）法国文学

法国这一时期的浪漫主义文学由于法国大革命后复辟和反复辟斗争空前激烈而带有鲜明的政治色彩。主要作家有夏多布里昂、斯塔尔夫人、拉马丁、维尼和雨果。

夏多布里昂（1768—1848）是一位拥护波旁王朝、属于保守势力的作家，主要作品有中篇小说《阿达拉》（1801）和《勒内》（1802）。《阿达拉》通过女主人公阿达拉爱上了异教徒后又抛弃爱情而殉身于宗教的故事，歌颂了基督教的崇高和伟大。《勒内》描写对一切都感到无聊、忧郁、痛苦的青年勒内在基督教的信仰中找到精神归宿的故事，作品发表后影响很大，主人公成为欧洲文学中第一个表现出"世纪病"特征的浪漫主义"英雄"形象。

斯塔尔夫人（1766—1817）是一位具有资产阶级自由思想、在政治上属于温和派的作家。主要论著《论文学》（1800）和《论德国》（1810）都对法国浪漫主义文学的发展起到了促进作用。主要作品有小说《黛尔芬》（1802）和《柯丽娜》（1807），主要内容是写两个才情出众、思想高超的女性在社会偏见和虚伪道德压迫下的悲剧命运。

拉马丁（1790—1869）和维尼（1790—1863）都是出身于贵族的浪漫主义诗人，他们的诗歌鲜明地反映了没落贵族阶级的悲观情绪。

（雨果详见专节。）

民主诗人贝朗瑞（1780—1857）在这一时期的法国文坛上也占有重要地位。此外，现实主义作家司汤达和巴尔扎克也开始了创作。

## （五）俄国文学

俄国在19世纪初还是一个落后的专制农奴制国家，1812年拿破仑兵败俄国促进了俄国民族意识的觉醒，俄国出现了十二月党人起义，这对19世纪俄国人民的解放运动产生了深远的影响。

19世纪初期，俄国文学远远落后于世界先进水平的局面迅速得到了改变，首先兴起的是浪漫主义文学，20年代又兴起了现实主义文学。

俄国浪漫主义文学的主要作家有十二月党人雷列耶夫（1795—1826）和普希金，他们的浪漫主义诗歌渗透着反专制反暴政的革命热情和为祖国自由献身的精神。此外，克·雷洛夫（1768—1844）创作了大量短小精悍、思想意义深刻、艺术表现优美的寓言。

20年代俄国主要的现实主义作家作品有：格利包耶多夫（1795—1829），代表作喜剧《智慧的痛苦》（1823）描写了进步贵族青年与官僚世界的矛盾。

（普希金详见专节。）

## 二、19世纪中期欧洲文学概述

现实主义文学流派大约出现在19世纪30年代，它的产生与19世纪初期自然科学的发展、唯物主义哲学以及空想社会主义学说的出现有很大关系。在文学传统上，它直接继承了文艺复兴时期莎士比亚、塞万提斯以及18世纪启蒙文学、英国现实主义小说、司各特历史小说中文学反映现实的成果，而又打上了19世纪的鲜明烙印。19世纪30—50年代，英法出现了一批现实主义作家作品，现实主义很快成为19世纪中后期文学创作的主流。高尔基根据这一派作家作品的共同特征,曾用"批判现实主义"加以概括。

## (一)现实主义文学的特征

现实主义作家强调冷静地观察现实和真实客观地描写现实。很多作家都把文艺看作反映现实生活的一面镜子,有的甚至明确提出要使自己的创作成为时代的记录,因而他们反映的生活面极为广阔,几乎触及社会的每一个角落;为了如实地再现生活,作家们极其重视细节的描写,力求使每个细节都达到精确。

现实主义作家以强烈的批判精神着力揭露资本主义社会的罪恶,其广度和深度远远超过过去任何一个时代的文学。作家们不遗余力地揭露资本主义社会利己主义的生活原则、人与人之间赤裸裸的利害关系和贵族资产阶级罪恶的代表人物,因而不少作家受到统治者各种形式的迫害。

现实主义作家创造了典型环境中的典型人物。他们认识到人是社会的产物,因而在创作中重视环境对人物的影响。这种坚持典型化原则的创作态度,使现实主义作家的创作具有很强的真实性。

19世纪现实主义作家一般都具有资产阶级人道主义思想。人道主义思想是他们借以批判资产阶级罪恶和封建暴政的思想武器。但是人道主义作为一种思想武器往往导致政治上的改良主义。很多作家幻想用道德力量或社会改良来解决社会矛盾,结果因理想不能实现而陷入了悲观主义。但是,批判现实主义文学的意义不在于作家是否指出了正确的社会出路,而在于通过描写人民群众的深重苦难、揭露贵族资产阶级的罪恶,真实地反映了资本主义制度的矛盾,使人们对这一制度的合理性和永久性产生了怀疑。

19世纪中期,在西欧和俄国,批判现实主义成为文学主流,但仍有其他文学思潮和流派存在,如浪漫主义和无产阶级文学。

## (二) 法国文学

19世纪中期,特别是三四十年代,法国文学空前繁荣。雨果正处于创作高峰,除他之外,这一时期的主要作家还有乔治·桑、司汤达(详见专节)、巴尔扎克(详见专节)、梅里美、福楼拜、戈蒂耶和波德莱尔等。

乔治·桑(1804—1876)是浪漫主义小说家,她的作品探讨了资本主义制度下劳动人民的生活问题。其早期的作品主要表现妇女问题,如爱情婚姻、妇女权利问题。40年代创作了一些空想社会主义小说,如《木工小史》(1840)、《安吉堡的磨工》(1845)、《安东纳先生的罪恶》(1847)等。后期创作了几部农村题材的田园小说,如《小法岱特》(1849)、《弃儿弗朗沙》(1850)。

梅里美(1803—1870)是法国现实主义作家中风格独特的一位。他的主要作品有小说《法尔哥内》(1829)、《塔曼果》(1830)、《高龙巴》(1840)、《卡尔曼》(1845)等。他喜欢描写粗犷剽悍、带有原始气息的人物以及惊心动魄的斗争和事件,用以与资本主义都市文明相对照,并揭露都市文明的虚伪和丑恶。他的作品多富有传奇色彩和异域情调,具有在现实主义的描写中融入浪漫主义因素的特点。

19世纪中后期,法国批判现实主义文学的杰出代表是福楼拜(1821—1880)。由于时代的变迁,他的作品缺乏司汤达、巴尔扎克小说强烈的批判精神和广阔的视野,但却以观察的客观、准确和描写的精确、细腻使批判现实主义文学得以进一步发展。他的代表作是长篇小说《包法利夫人》(1856),描写了纯真的农村少女爱玛在贵族式修道院教育的影响下,受腐朽奢华的上流社会生活的诱惑,一步步走向灭亡的悲剧。

19世纪中期的法国,还出现了戈蒂耶和波德莱尔所代表的文学倾向。戈蒂耶(1811—1872)早年曾写过浪漫主义诗歌,后主张唯美主义和"为艺术而艺术"的创作原则。他的代表作是诗集《珐琅与雕玉》(1852),其中力图用文字表达造型、声音、颜色等所产生的效果和形式美,艺术成就独特。

波德莱尔(1821—1861)是象征主义的先驱,代表作是诗集《恶之花》(1857—1861)。作品表现了一个孤独、病态,有着颓废思想,但又不甘心沉沦的诗人复杂的精神世界,达到很高的艺术成就。

## (三) 英国文学

1. 宪章派文学

宪章派文学属于早期无产阶级文学,它诞生于英国宪章运动中。作者包括工人运动的活动家和普通群众,主要文学成就是诗歌。主要诗人有厄内斯特·琼斯(1819—1869)、威廉·林顿(1812—1897)、基洛德·马西(1828—1907)等。宪章派诗歌具有鲜明的政治倾向性和强烈的战斗性,主要内容是表现工人阶级的苦难生活,揭露资本家的罪恶,表达争取自由解放的决心和愿望。

2. 批判现实主义文学

英国的批判现实主义文学是在英国资本主义发展迅猛、劳资矛盾尖锐、宪章运动持续进行的背景下诞生和发展起来的。它是19世纪中期英国文学的主流。在英国批判现实主义文学中,社会改良主义和带有感伤气息的资产阶级人道主义思想表现得比较突出。作家多反映在阶级矛盾尖锐、贫富悬殊的社会中,小资产阶级的愿望、不满和追求。英国批判现实主义的主要作家有狄更斯、萨克雷、勃朗蒂姊妹、乔治·艾略特、盖斯凯尔夫人等。

萨克雷(1811—1863)的作品揭露性很强。其代表作是长篇小说《名利场》(1848),广泛揭露了上流社会中贵族资产阶级的种种恶德败行,不择手段向上爬的女投机钻营家利蓓卡·夏泼正是他们中最典型的人物。萨克雷的另一部著名作品是《亨利·艾斯芒德的历史》(1852)。

勃朗蒂姊妹是英国19世纪文坛上著名的女作家。夏洛特·勃朗蒂(1816—1855)的代表作是《简·爱》(1847)。小说成功地塑造了一个孤苦无助、勇于反抗社会的不平等、维护人格独立与尊严的小资产阶级女性简·爱的形象,这一形象在当时的英国小说中显得超凡脱俗、十分独特。爱米丽·勃朗蒂(1818—1848)的代表作是《呼啸山庄》(1847)。小说描写了一个被山庄主人捡来的吉卜赛弃儿希斯克利夫,在阶级界限分明的社会里艰苦的成长历程,以及他和主人之女凯瑟琳不同寻常的爱情。

乔治·艾略特(1819—1880)的代表作是《弗洛斯河上的磨坊》(1860),描写了磨坊主的子女托姆与麦琪的故事,突出了高尚感情的力量。

盖斯凯尔夫人(1810—1865)最重要的作品是长篇小说《玛丽·巴顿》(1848),广泛而深刻地描写了资本主义飞速发展时期工人阶级的悲惨生活,并揭示了劳资之间一触即发的矛盾斗争。

(狄更斯详见专节。)

## (四)德国文学

德国这一时期的特点是:旧的经济基础迅速解体,但封建统治阶级又牢牢掌握着国家统治权;资产阶级十分软弱,而人民表现出巨大的革命热情,不断掀起反抗专制暴政和资本主义剥削的斗争。揭露封建统治的罪恶和声讨资本主义剥削是这一时期德国文学的两个基本主题。主要作家有毕希纳(1813—1837,代表作为剧本《丹东之死》[1835])、海涅和早期无产阶级诗人维尔特(1822—1856)。

亨利希·海涅(1797—1856)是德国19世纪最重要的诗人。他的作品充满了积极向上的情绪和革命的精神。主要作品有《诗歌集》(1827)、游记《哈尔茨山游记》(1826,4部旅行札记之一)、为声援西里西亚纺织工人起义而作的诗歌《西里西亚纺织工人》(1844)等。政治抒情长诗《德国——一个冬天的童话》(1844)记录了诗人流亡法国12年后在祖国土地上旅行的见闻和感受,着重抨击了德国特别是普鲁士的封建专制统治以及德国社会的黑暗丑恶现象和各种代表人物,是海涅最重要的作品。

## (五) 俄国文学

19世纪中期,俄国农民反专制农奴制的起义频繁爆发。1855年俄国在克里米亚战争中的失败更激起了人民群众和进步知识界的不满。为缓和矛盾,沙皇废除了农奴制,但这次"改革"实则是对农民的残酷掠夺,农民暴动继续发生。从1866年起,开始了沙皇残酷镇压反抗力量的反动时期。

19世纪中期是俄国文学的辉煌时期,出现了一批杰出作家。

莱蒙托夫(1814—1841)继承了普希金所开创的俄国文学的优秀传统。在短暂的一生中,莱蒙托夫写了许多赞美自由、谴责暴政的浪漫主义诗歌,表达了30年代俄国进步人士的悲愤情绪和对斗争的渴望。他的代表作长篇小说《当代英雄》(1840)以当代贵族青年的出路为主题,塑造了"多余人"毕巧林的形象。

屠格涅夫(1818—1883)的主要作品有《猎人笔记》(1847—1852)、《罗亭》(1856)、《贵族之家》(1859)、《前夜》(1860)、《父与子》(1862)。代表作《父与子》表现了农奴制改革时期革命民主主义和贵族自由主义保守派之间的尖锐斗争。

冈察洛夫(1812—1891)的代表作长篇小说《奥勃洛摩夫》(1859)塑造了奥勃洛摩夫这一农奴制所产生的寄生虫的典型,是一部反映农奴制腐朽没落的作品。

亚·奥斯特洛夫斯基(1823—1886)的代表作是剧本《大雷雨》(1860),描写了追求个性解放的女性卡杰琳娜在封闭落后的生活环境里的被毁灭。

涅克拉索夫(1821—1878)在长诗《谁在俄罗斯能过好日子?》(1863—1877)中揭露了农奴主和资产阶级的罪恶,表达了对劳动人民的同情。

19世纪初期和中期,俄国出现了著名的文学批评家别林斯基(1811—1848)、车尔尼雪夫斯基(1828—1889)和杜勃罗留波夫(1836—1861),他们先后在进步杂志《现代人》任编辑,使这个杂志发表了不少好作品。他们写的一系列政论和文学评论推动了俄国批判现实主义文学的发展。车尔尼雪夫斯基文学创作方面的代表作是长篇小说《怎么办?》(1862—1863),作品表达了他的空想社会主义理想,小说中的拉赫美托夫是俄国文学中第一个职业革命家的形象。

(果戈理、托尔斯泰和陀思妥耶夫斯基详见专节。)

## 三、19世纪后期欧美文学概述

19世纪后期,西欧和北美的一些大国逐步由自由资本主义过渡到垄断资本主义,资本主义的固有矛盾激化。1871的巴黎公社是无产阶级建立政权的第一次尝试,具有重要的历史意义。19世纪最后30年资本主义世界发生了四次经济危机,劳动人民的处境日益恶化。这一时期出现多种多样的哲学社会思潮,如叔本华的悲观主义、否定任何历史进步的学说,尼采的超人哲学,孔德的实证主义等。在文学方面,一些新的流派陆续产生。

## (一) 巴黎公社文学

巴黎公社文学是这一时期无产阶级文学的突出成就,包括公社革命酝酿时期,公社存在时期,公社失败后公社社员遭到屠杀、监禁和流放时期的文学。其主要内容是真实记录了巴黎无产阶级的英勇斗争和反动派的血腥罪行,体裁包括诗歌、政论、散文、小说和回忆录等。主要作品有:

1. 诗歌:路易斯·米雪尔(1830—1905)的《和平示威》《囚徒之歌》;爱·德勒的《巴黎换一块牛排》;艾蒂安·卡尔沙(1828—1906)的《凡尔赛分子》;让·巴蒂斯特·克雷芒(1836—1903)的《浴血的一周》《"上墙根去"!队长》《巴黎公社之歌》;欧仁·鲍狄埃(1886—1887)的《国际歌》《巴黎公社》;昂利·布里萨克(1826—1907)的《装口袋》;夏特兰(1829—1902)的《公社万岁》;于葛(1851—1907)的《为路易斯·米雪尔唱的夜曲》等。

2. 小说:主要作家有儒尔·瓦莱斯(1832—1885)和克拉代尔(1835—1892)。

## (二) 现实主义文学

19世纪最后30年间的西欧现实主义文学继续坚持文学反映生活的原则,对资本主义社会的罪恶进行了揭露和批判。揭示出帝国主义时代西欧社会的典型特征,在社会批判的成分中夹杂着沮丧心情和悲观主义是这一时期现实主义文学的特征。

1. 法国

主要作家有法朗士(1844—1924),主要作品是长篇小说四部曲《当代史话》(包括《路旁榆树》[1896]、《柳条模型》[1897]、《红宝石戒指》[1899]、《贝日莱先生在巴黎》[1901])。

2. 英国

托马斯·哈代(1840—1828)是英国19世纪后期最重要的作家。他写过多部小说,同时也是诗人。他的小说主要表现英国宗法制农村在资本主义侵入后发生的变化,以及这给乡村人民带来的灾难,常流露出悲观主义和宿命论的思想情绪。主要作品有长篇小说《远离尘嚣》(1874)、《还乡》(1878)、《无名的裘德》(1896)、《德伯家的苔丝》(1891),后者是哈代的代表作。

萧伯纳是这一时期著名的戏剧家、改良主义团体费边社的组织者之一。主要作品有三个戏剧集,以《不愉快的戏剧》集中的《鳏夫的房产》(1885—1892)和《华伦夫人的职业》(1894)最为出色,它们的主要内容是揭露资产阶级剥削和资产阶级不光彩的财源。

英国这一时期的主要作家还有梅瑞狄斯(1828—1909,主要作品为《利己主义者》[1879])和巴特勒(1835—1902,主要作品为《众生之路》[1903])。

3. 俄国

主要作家有托尔斯泰、陀思妥耶夫斯基、谢德林和契诃夫。

谢德林(1826—1889)的代表作是讽刺小说《戈洛夫里奥夫老爷们》(1875—1880),描写了一个地主家庭的衰败与灭亡。

契诃夫(1860—1904)是和莫泊桑齐名的世界著名短篇小说家,他的作品描写并揭露了几个世纪以来专制制度和农奴制度的压迫在许多人身上形成的奴性心理、小市民习气和庸俗作风。契诃夫短篇小说的代表作有《套中人》(1898)等。此外,他还创作了一些优秀剧本,如《万尼亚舅舅》(1897)、《三姊妹》(1901)、《樱桃园》(1903)等。

4. 美国

19世纪美国文学主要是两种文学思潮占主导地位。浪漫主义文学持续的时间较长,主要作家有欧文、库珀、爱伦·坡、爱默生、梭罗、朗费罗、霍桑、麦尔维尔、惠特曼等。

惠特曼(1819—1892)是美国浪漫主义文学的重要代表,作品有诗集《草叶集》(1855)。

比彻·斯托夫人(1811—1896)的《汤姆叔叔的小屋》(1852)是美国废奴文学的代表作品。

美国的现实主义文学在七八十年代迅速发展,主要代表作家有豪威尔斯(1837—1920),美国现实主义文学的提倡者;亨利·詹姆斯(1843—1916),作品主要描写欧洲贵族和美国上层资产阶级的生活,是西方现代心理分析小说的开创者之一。90年代出现了一批主要描写农村和城市中下层人民生活的作家作品,有较大的现实意义。如赫姆·加兰(1860—1940)的短篇小说集《大路》(1891),欧·亨利(1862—1910)的短篇小说《麦琪的礼物》《最后一片绿叶》(均收入小说集《四百万》,1906),克莱恩(1871—1900)的小说《街头女郎麦吉》(1893)、《红色英勇勋章》(1895)等。

(马克·吐温详见专节。)

## (三) 自然主义文学

自然主义文学思潮出现在60年代的法国,其思想理论基础是孔德的实证论和泰纳的实证主义美学。左拉在此基础上又研究了当代生物学和医学,特别是遗传理论,提出了自己的自然主义文艺理论,其要点是:强调客观地反映现实,但反对现实主义的典型化手法,而强调"描摹的自然"(主要是随便观察到的、偶然的现象);要求文学成为单纯记录直接印象的照相机,作家成为科学家,在作品中要冷静客观,不应流露个人感情,不以个人的好恶评价作品中的人物;认为人的生物本能可以支配人的行为,并十分重视遗传的作用。自然主义的主要作品有法国龚古尔兄弟的小说《日尔米妮·拉赛尔特》(1865),左拉的小说《黛莱丝·拉甘》(1867)、《玛德兰·费拉》(1868)、《小酒店》(1868),德国的剧作家豪普特曼的剧本《日出之前》(1889)等。此外,意大利、挪威、西班牙、俄国、美国的文学都曾受到自然主义的影响。

## (四)象征主义和唯美主义

象征主义出现在七八十年代的法国,其代表作家作品有马拉美(1842—1898)的《牧童的午后》(1876),魏尔伦(1844—1896)的《绿》、兰波(1854—1891)的《母音》《醉舟》等。象征主义的主要观点是:外部世界并不是世界的全部,隐藏在外部世界背后的还有另一个人类意识所不能达到的更真实的世界,沟通两个世界的媒介就是象征,只有象征才能把超感觉的世界表达出来。象征主义者在诗歌中大量使用暗示、象征和联想,借以表现他们所追求的世界。象征主义诗歌有晦涩难懂的情况,但艺术性较强,如强调音乐性、讲究词句内在节奏和旋律等。

唯美主义出现在 19 世纪后期的英国,代表人物是王尔德(1854—1900)和佩特(1839—1894)。其主要观点是:不是生活高于艺术,而是艺术高于生活,只有艺术的美才有永恒的价值;艺术家不应有任何功利主义目的,不应受任何道德规范束缚。王尔德的代表作是《道林·格雷的画像》(1891)。

## 第二节 拜 伦

### 一、生平与创作简介

乔治·戈登·拜伦(1788—1824)出生于英国一个古老、没落的贵族家庭。青年时期，拜伦就读于剑桥大学。在那里，他接受了法国启蒙主义思想，并开始发表诗作。大学毕业后，拜伦在上议院获得了世袭议员的头衔。

1809年6月到1811年，拜伦曾到南欧各国旅行。当英国工人阶级开展"卢德运动"的时候，拜伦从资产阶级民主思想出发，曾在国会发表演说，竭力反对采取暴力镇压政策对付工人。不久，又第二次发表演说，抨击英国政府奴役爱尔兰的政策。拜伦两次演说中所表现出来的政治态度和他在诗作中流露出来的反抗情绪，激怒了英国统治阶级。1816年，反动势力借他和妻子离异一事，疯狂地对他进行诽谤，迫使他永远地离开了祖国。

在侨居意大利期间，拜伦和进行民族解放斗争的意大利烧炭党人有过密切联系。烧炭党人的起义失败后，拜伦辗转来到希腊。他把自己的全部积蓄都用来支援希腊反对土耳其的民族解放斗争，并成为这一斗争的领袖之一。由于长年的奔波劳累，拜伦不幸病故。希腊独立政府为他举行了隆重的国葬。

拜伦是19世纪初期浪漫主义文学的杰出代表，他一生写有大量的叙事诗、抒情诗、讽刺诗和诗剧。主要有：诗集《懒散的时光》(1807)，诗歌《"编织机法案"编制者颂》(1812)、《锡庸的囚徒》(1816)、《卢德派之歌》(1816)、《普罗米修斯》(1816)、《审判的幻景》(1822)、《青铜世纪》(1822),哲理诗剧《曼弗雷德》(1817)、《该隐》(1821),长诗《东方故事诗》(1813—1816)、《恰尔德·哈罗德游记》(1812—1818)、《唐·璜》(1817—1823)等。

《东方故事诗》是拜伦典型的浪漫主义长诗,包括6部作品:《异教徒》《阿比道斯的新娘》《海盗》《莱拉》《柯林斯的围攻》《巴里西那》。故事多发生在具有异国情调的东方。主人公都是些傲世独立、忧郁伤感又具有坚强意志和强烈反叛精神的人物。他们大多有不寻常的命运和爱情,但最后都以悲剧告终,后人把他们称为"拜伦式英雄"。

《唐·璜》是一部未完成的诗体小说,被认为是拜伦最杰出的作品。它叙述了西班牙青年唐·璜的冒险故事。作品五光十色、绚丽多彩,俄国诗人普希金称赞它具有"莎士比亚的多样性"。

## 二、《恰尔德·哈罗德游记》

《恰尔德·哈罗德游记》是拜伦的代表作之一,作品贯穿着反暴政、反侵略、追求自由、歌颂民族解放斗争的主题。

长诗共4章,依次分别写哈罗德在以下地方的游历:葡萄牙和西班牙(第1章),阿尔巴尼亚和希腊(第2章),比利时和瑞士(第3章),意大利(第4章)。每到一处,诗人便触景生情,缅怀当地的历史与文化,歌颂为民族独立而战的英雄,抨击现实的丑恶。全诗以歌颂象征着自由的大海作为结束,表明自由必胜、暴政必败。

(一)《恰尔德·哈罗德游记》的主人公

哈罗德是虚构的人物。他是英国的贵族公子,因厌倦了一度沉迷的荒唐生活,离开祖国出去旅行。但旅行并未改变他的思想。他虽然同情被压迫人民争取解放的斗争,但始终采取旁观的态度。

骄傲、孤僻、忧郁是他性格的主导方面。哈罗德的形象是以拜伦的漫游经历为基础虚构出来的,与拜伦有联系。但哈罗德不等于抒情主人公,他只反映了拜伦思想中的消极方面,这种悲观失望的情绪反映了法国大革命以后,欧洲具有民主主义思想的资产阶级知识分子不满社会现状但又找不到出路的思想特征;长诗中的抒情主人公热情奔放、富有反抗精神,他反对暴政和民族压迫,热情讴歌欧洲各国的民族解放斗争,表现了资产阶级民主派对黑暗现实的不满和反抗,反映了作者思想中的积极方面。哈罗德和抒情主人公代表了作者思想的不同侧面,反映了拜伦世界观中的矛盾。

(二)《恰尔德·哈罗德游记》的艺术特点

《恰尔德·哈罗德游记》在体裁上是一种新型的抒情叙事诗。它并不以叙述一个完整的故事为主,抒情占很大比重,贯串始末,也最能打动读者。长诗善用对比的手法,有大自然的美好和社会罪恶的对比,有一些国家辉煌历史和屈辱现状的对比等等。长诗中的风景描写非常出色,例如最后对壮阔的大海的描写非常激动人心,又如对阿尔巴尼亚崇山峻岭和希腊古迹的描写也很精彩。作者借自然的美对照现实社会的丑,鼓舞人们去争取自由和迎接美好的生活。

# 第三节 雨 果

## 一、生平与创作简介

维克多·雨果(1802—1885)是法国浪漫主义文学的代表,法国文学史上最杰出的作家之一。雨果生于贝藏松。父亲是拿破仑军队的军官、坚定的共和主义者。母亲则是波旁王朝的拥护者,反对拿破仑。由于受母亲的影响较深,少年时期的雨果形成了保皇主义立场,曾因创作歌颂正统王朝和天主教的诗歌而受到国王路易十八的嘉奖。

20年代,雨果目睹了查理十世上台后的种种恶行,逐渐改变了保皇主义立场,走上为文学的进步而奋斗的道路。这以后,他的作品的基本主题是揭露专制暴政,同情贫苦人民的不幸,宣扬人道主义思想。1827年,雨果发表剧本《克伦威尔》,其"序言"被视为法国浪漫主义运动的宣言。在序言中,雨果抨击古典主义的清规戒律,提出浪漫主义文学主张。他还阐明了自己著名的美丑对照原则:"万物中的一切并非都是合乎人情的美……丑就在美的旁边,畸形靠近着优美,丑怪藏在崇高的背后,美与恶并存,光明与黑暗相共。"[①]他认为新时代的艺术应将这二者结合起来表现。1830年,雨果的剧本《艾尔那尼》上演,作品写16世纪西班牙流落绿林的贵族青年艾尔那尼为父报仇而与国王抗衡的故事。演出成为古典主义和浪漫主义的一场论战并以后者的胜利而告终。三四十年代,雨果曾对七月王朝产生过幻想。1848年的革命推翻了七月王朝,建立了法兰西第二共和国,雨果坚定地站在了共和派一边。

雨果20—40年代的主要作品还有:

长篇小说《巴黎圣母院》(1831):富有浓烈的浪漫主义色彩,写中世纪巴黎圣母院副主教克洛德·弗罗洛对美丽的吉卜赛女郎爱丝梅拉达畸形的爱以及丑陋的圣母院敲钟人卡西莫多对爱斯美拉尔德纯洁的爱。小说成功地运用了美丑对照原则。

中篇小说《克洛德·格》(1834):探讨了工人的贫困和由此造

---

[①] 伍蠡甫主编:《西方文论选》下卷,上海译文出版社1979年版,第183页。

成的犯罪问题。

此外,雨果这一时期还创作了大量诗歌,如《东方集》(1829)、《秋叶集》(1831)、《微明之歌》(1835)、《心声集》(1837)、《光与影》(1837)等。

1851年,路易·波拿巴发动恢复帝制的政变,对反对者进行无情镇压,雨果也遭到迫害,被迫流亡国外19年。流亡期间,雨果的主要作品有:

政治讽刺诗集《惩罚集》(1853):主要内容是揭露拿破仑三世。

长篇小说《海上劳工》(1866)和《笑面人》(1869):都是浪漫主义作品。前者描写一个具有英雄气概的劳动者同大自然进行的惊心动魄的斗争。后者写英王詹姆士二世的儿子的不幸遭遇,表现了17世纪末18世纪初英国宫廷内部的斗争和尖锐的社会矛盾。

雨果的代表作长篇小说《悲惨世界》(1862)也发表于这一时期。

1870年普法战争爆发,法兰西第二帝国垮台,雨果回到法国,受到人民的热烈欢迎。他积极参加保卫祖国的斗争,并救助过受迫害的巴黎公社社员。《九三年》是雨果晚年的重要作品,这部长篇小说描写法国大革命的故事,基本主题是表现"在绝对正确的革命之上,还有一个绝对正确的人道主义"。

1885年,雨果逝世,法国人民为他举行了隆重的葬礼。

## 二、《悲惨世界》

《悲惨世界》共分5部,主要讲述主人公贫苦工人冉阿让的一生,其间穿插着芳汀和柯赛特、米里哀主教、警探沙威、马吕斯、客栈老板德纳第等多个人物的故事,还较为详细地描写了1832年共和党人的起义。小说规模宏伟,结构复杂,情节曲折动人。

(一)《悲惨世界》的人物形象及主题思想

《悲惨世界》的内容及主题思想主要包括三方面:第一,描写贫苦人民的悲惨生活,说明社会是造成他们不幸的根源,这是小说描写的主要内容;第二,肯定人民反抗这个不合理的社会及其制度的正义性;第三,阐明仁慈、博爱才能拯救社会的思想,这是贯串全书的根本思想。

小说主题思想的第一方面是通过芳汀、珂赛特、冉阿让等人物的遭遇表现的:芳汀本是一个天真纯洁的少女,被一个公子哥儿所骗失身并生下私生女珂赛特。工厂认为她品行不端就开除了她。为了养活女儿,芳汀卖掉了头发和门牙,最后沦落为妓女,并在贫病交加中死去。珂赛特是个私生女,被寄养在客栈老板德纳第家里,受尽了折磨。冉阿让本是一个诚实能干的工人,但因失业饥饿偷了一块面包被捕入狱,又因几次越狱未遂刑期加至19年,出狱后到处受到歧视。在他改过自新并为社会做出了贡献之后,仍然遭到警察的追踪。作品通过上述形象说明:在资本主义社会,富人们为所欲为,劳动人民则注定要过贫苦的生活,而那些处境最悲惨的人都是一些诚实善良的人。资本主义的现行法律是保护资产阶级利益而以劳动人民为敌的。

小说主题思想的第二方面是通过共和党人1832年夏在巴黎举行的武装起义来表现的。雨果用大量的篇幅从共和党人最初的小组活动、斗争的开展和起义的爆发一直写到英雄们的壮烈牺牲,热情歌颂了起义者的英勇无畏、坚强不屈,肯定了他们事业的正义性。小说还塑造了几个感人的形象,如马吕斯、马贝夫老人和小英雄伽夫洛什。

小说主题思想的第三方面主要是通过冉阿让和沙威的转变及行为来表现的。冉阿让坐牢多年，法律的制裁并没有使他改过，反而使他产生了"凶狠残暴的为害欲"，而卞福汝主教的仁慈却使他弃旧图新。冉阿让的仁慈又感化了沙威。沙威是个死心塌地为统治阶级卖命的鹰犬，是旧制度的卫道士和打手，就是这样一个铁石心肠的人物最终也被仁慈感化了。通过冉阿让和沙威的转变，作者表明，以惩罚作为基本手段的法律不过是低级的法律，而慈悲和仁爱则能把人改造成为新人，是高级的法律。但雨果对沙威良心发现、最后自杀的描写带有很大的幻想性。

## （二）《悲惨世界》的艺术特点

《悲惨世界》最突出的艺术特点是浪漫主义和现实主义的紧密结合，主要表现为：

情节富有浪漫主义色彩，充满巧合和离奇。如冉阿让化名马德兰期间，凭着过人的体力救出了被压在车下的割风老头，而当冉阿让和珂赛特被沙威追捕逃到修道院时，恰巧遇到在这里工作的割风老头并因此被救；又如在街垒战的最后阶段，冉阿让背着马吕斯逃出巴黎下水道时，遇到的正是在这里等候抓捕他的沙威等。

小说人物形象的配置和描写也富有浪漫主义色彩，作者坚持对照原则，善（卞福汝主教）和恶（沙威、德纳第夫妇）形成鲜明对比。作者还运用夸张的手法描写不平凡的人物，渲染他们不同寻常的品质、力量和经历，如冉阿让的超常膂力、他多次化险为夷的经历等。

在具体描写人物遭遇和环境时，小说又有明显的现实主义成分。如冉阿让、芳汀的命运，珂赛特的童年，资产阶级的日常生活，巴黎街垒战等。

## 第四节 普希金

### 一、生平与创作简介

亚·谢·普希金(1799—1837)是俄罗斯伟大的民族诗人,俄国浪漫主义文学的杰出代表和现实主义文学的开拓者。

普希金出生在莫斯科一个古老的贵族家庭,家中有丰富的藏书,全家都是文学爱好者,这样的环境对普希金文学才能的形成和发展有积极的影响。在皇村中学读书期间,普希金受到1812年俄国爱国思潮和民主自由思想的影响,痛恨专制暴政。毕业后,他在外交部做小官吏。这一时期,他写了一些浪漫主义抒情诗,其中大部分是爱情诗,而最引人注目的是充满自由思想和进步要求的政治抒情诗,如《皇村回忆》(1814)、《自由颂》(1817)、《致恰达耶夫》(1818)、《乡村》(1819)等。这些诗中呼唤自由、谴责暴政的思想引起了沙皇政府的注意,普希金因而被调到南俄,实为流放。

在南俄期间,普希金和反政府的"南社"联系密切,诗歌中反对暴政、追求自由的思想表达得更为强烈。这一时期的主要作品有:《致大海》(1824)、长诗《高加索的俘虏》(1821)、《强盗兄弟》(1822)、《茨冈》(1824)等。《高加索的俘虏》和《茨冈》都写了20年代前半期贵族青年的典型,表现了他们鄙视上流社会但又自私利己、脱离人民的矛盾性格。

不久,普希金进一步受到迫害,被流放到北方边远地区米哈依洛夫斯科耶。在这里,他写出了现实主义历史剧《鲍里斯·戈都诺夫》(1825)。在这部作品中,他提出了人民的意愿决定历史进程的思想。这一时期,他还写了近百首抒情诗,表现了真挚的感情、对黑暗的不满和对光明的向往。著名的有《酒神之歌》(1825)、《致凯恩》(1825)、《冬天的黄昏》(1825)等。

1825年12月,"十二月党人"起义被镇压。新沙皇采取怀柔政策,普希金被"赦免"回到莫斯科。在一些短诗中,普希金表达了同"十二月党人"共命运的思想,如《阿里昂》(1827)、《致西伯利亚的囚徒》(1827)等。

1827年秋普希金在领地包尔金诺度过了一个创作丰收的季节。主要作品有一些短篇小说、四个小悲剧、一首长诗和许多抒情诗,并完成了诗体小说《叶甫盖尼·奥涅金》(1823—1831)。这一时期创作的短篇小说《驿站长》(1830)很有名。小说描写了一个老驿站长因相依为命的女儿被军官拐走最终抑郁而死的故事。它开创了俄国文学中写"小人物"题材的先河。

普希金19世纪30年代的主要作品还有反映农民起义的小说《杜勃罗夫斯基》(1833)、《上尉的女儿》(1836)、长诗《青铜骑士》(1833)、童话诗《渔夫和金鱼的故事》(1833)、短篇小说《黑桃皇后》(1834)、诗歌《纪念碑》(1837)。《上尉的女儿》反映了18世纪70年代震动俄国的农民起义——普加乔夫起义。普希金一反贵族历史学家的偏见,把普加乔夫写成一个热爱自由、受人民爱戴的英雄。《纪念碑》是诗人在决斗中被杀那一年的作品,他在其中肯定了自己作品的价值和意义。

## 二、《叶甫盖尼·奥涅金》

诗体小说《叶甫盖尼·奥涅金》(1823—1831)是普希金的代表作,描写了19世纪20年代的俄国社会生活,表现了贵族青年的矛盾性格。贵族青年奥涅金长期过着纸醉金迷的生活,终于感到厌倦,与好友连斯基来到乡下。奥涅金拒绝了住在乡村的贵族少女达吉亚娜的爱情,却在舞会上挑逗连斯基的女友奥尔加,引起了连斯基的愤怒。奥涅金在决斗中杀死了连斯基,怀着悔恨出国旅行。待他回到京城再次与达吉亚娜相遇时,她已经是已婚的贵妇了。奥涅金疯狂地爱上了她,而达吉亚娜表示,虽然她仍然爱着奥涅金,但要忠诚于自己的丈夫。

## (一) 奥涅金和达吉亚娜的形象

奥涅金是19世纪20年代俄国贵族青年中的一种典型,他的性格是复杂的,是由他所受的教育和生活于其中的贵族生活环境决定的。奥涅金从小接受的是脱离人民和民族文化传统的贵族教育,长大后是社交界的宠儿,每天过着空虚的生活。但与一般贵族青年不同,他受到了当代进步思想的影响(如卢梭的《民约论》),对现实和自己的空虚生活感到不满、失望,得了"忧郁症"。他还在乡下进行了使地主们愤怒的改革。但由于奥涅金受贵族阶级的影响太深,没有毅力背叛他的阶级,脱离人民,这决定了他不能走上为改造社会而斗争的道路。

与达吉亚娜的爱情和与连斯基的决斗充分表现了奥涅金的矛盾性格。前者表现了他对纯朴真挚爱情的不理解(上流社会的生活所致)、自我优越感和精神空虚,后者表现了他无力反抗上流社会的陋习。

奥涅金旅行归来重新爱上了达吉亚娜,是因为他从她身上看到了过去没有发现的优秀的东西,但这并不意味着他消极的生活态度的改变。奥涅金是俄国文学史上第一个"多余的人"的形象,他的形象反映了当时先进贵族青年的本质特征——脱离人民。

达吉亚娜是19世纪20年代俄罗斯优秀贵族妇女的形象。她的性格特征是淳朴、真挚、深沉,这种性格的产生是因为民族土壤(农奴乳母、民间习俗、民间故事)的抚育和充满自由思想的外国小说的影响。在爱情方面,她有勇敢明确的追求。嫁到上流社会之后,她仍然保持少女时期的淳朴理想而不看中荣华富贵。她后来拒绝奥涅金是因为她不愿做情妇,过双重人格的生活。

### (二)《叶甫盖尼·奥涅金》的艺术特点

《叶甫盖尼·奥涅金》是俄国文学中最早塑造典型环境中的典型人物的作品,是一部现实主义的诗体小说。"抒情插话"对于表达作品的思想内容起着重要作用。作品的风景描写十分出色。

# 第五节 司汤达

## 一、生平与创作简介

弗雷德里克·司汤达(1783—1842)是法国杰出的小说家,欧洲批判现实主义文学的奠基人之一。司汤达的真名是昂利·贝尔,出生在法国东部的一个资产阶级家庭。少年时期他深受外祖父的影响,崇拜启蒙运动的思想家和作家,对当时处在大革命中的巴黎十分向往。17岁那年,他骑上一匹马翻山越岭去追赶拿破仑的军队,并随军到过意大利。1801年,司汤达一度离开军队回到巴黎。这一时期,他大量读书,在文学上尤其崇拜莎士比亚,并开始形成自己的现实主义文艺观。1806—1814年,司汤达重回军队任职,曾随拿破仑的大军参加过多个欧洲大陆的重要战役,拿破仑始终是他心目中的英雄。

拿破仑失败后,为了不在复辟的波旁王朝统治下生活,他侨居在意大利的米兰,从事读书、研究和写作。1821年,他因和起义失败的意大利烧炭党人有来往而被驱逐出境。回到巴黎的司汤达仍然喜欢写作,但他没有固定的职业,生活相当贫困。从1831年起,司汤达担任教皇管辖下的小城奇维塔维基亚的法国领事。此后的若干年,他迫于生计,一直边担任公职边从事写作。1842年3月23日,因中风死在巴黎。

司汤达一生的主要作品有:长篇小说《吕西安·娄凡》(即《红与白》,创作始于1834年),是一部未完成的作品,描写了法国七月王朝时期的社会政治矛盾,表现了作家对七月王朝的厌恶态度;长篇小说《帕尔马修道院》(1839),是司汤达晚年的重要作品,反映了19世纪前30年,特别是拿破仑失败后神圣同盟猖獗时期意大利复杂的社会政治斗争,它是司汤达生前唯一得到承认的作品;长篇小说《红与黑》(1830),是司汤达的代表作。此外,司汤达还著有短篇小说《阿尔芒斯》(1827)、中短篇小说集《意大利遗事》(1855)、文艺理论著作《拉辛与莎士比亚》(1823—1825)等。

司汤达的作品善于从政治的角度观察和分析现实,描绘出一个时代的社会政治状况和阶级关系变化的特点。他善于表现人物的心理活动,使人物性格鲜明突出。他的小说故事复杂多变,但情节安排严整有序。在文艺理论方面,司汤达也有建树,他是19世纪最早提出现实主义创作主张的作家之一。

## 二、《红与黑》

《红与黑》描写了平民青年于连·索雷尔的个人奋斗历程以及最终失败的结局,反映了19世纪30年代法国复辟王朝时期尖锐复杂的社会政治矛盾。

## （一）于连的形象

小说的主人公于连出身于小业主家庭，天资聪颖，崇拜拿破仑，一心想出人头地。他踏进人生竞技场的第一步是给市长的孩子们当家庭教师。于连有很强的自尊心和平民意识，对庸俗、无能、高傲的市长十分鄙视，他对德瑞那夫人最初的动机是要征服这个贵族妇女以示反抗。于连与德瑞那夫人的情人关系暴露后，进了贝藏松神学院。在神学院尔虞我诈的险恶环境中，于连施展了伪善的本领，博得了彼拉院长的赏识。院长离开修道院时把他介绍给巴黎的大臣木尔侯爵当秘书。在那里，他的平民意识逐渐消失，同侯爵小姐发生爱情关系，为反动势力效力，眼看就要飞黄腾达。这时，教会迫使德瑞那夫人写了一封揭发信，他的幻想一下子化为泡影，他向昔日的情人开了两枪，并因此被捕入狱。在狱中，于连的平民意识又恢复了，他拒绝上诉、忏悔以示抗议，最后被处死。于连是波旁王朝复辟时期无权和受压迫的小资产阶级青年的典型形象。他对现存制度的反抗属于个人主义的反抗，因而一旦发迹就很容易满足和妥协。他的形象鲜明地表现出小资产阶级代表人物的反抗性、妥协性和动摇性。司汤达通过于连的形象表现了强烈的反封建反复辟的思想。

## （二）《红与黑》所反映的时代特征

《红与黑》表现了19世纪20年代的法国社会的时代特征。拿破仑失败后，逃亡国外的贵族重返法国成为统治阶级；政府扼杀言论自由，打击反对派势力；反动政府和教会勾结在一起，煽动宗教狂热，教会特务组织密布全国，大搞监视和告密活动，造成十分恐怖的形势。但大革命已深入人心，人民群众对复辟王朝严重不满，复辟的贵族们色厉内荏,他们阴谋扑灭日益迫近的革命,进一步强化贵族阶级的统治。《红与黑》中有关上述内容的主要情节有对于贝藏松神学院的描写、木尔侯爵组织开黑会等等。

(三)《红与黑》的艺术特点

《红与黑》的艺术特点主要有:描写典型环境,塑造典型人物,并以此反映时代的本质特征。《红与黑》中的典型环境有充满唯利是图气氛的维利叶尔市、阴森的贝藏松神学院、阴谋与权力的中心巴黎,这构成了社会的全景。于连的心理特征在当时是十分典型的。作品表现了作家高超的心理分析技巧,心理分析对于塑造于连复杂的性格起着重要的作用。小说结构完整,集中描写中心内容,没有枝蔓情节的干扰,层次的安排井然有序。

# 第六节 巴尔扎克

## 一、生平与创作简介

### (一)生平简介

奥诺雷·德·巴尔扎克(1799—1850)是19世纪现实主义文学最伟大的作家之一。他出身于法国都尔市一个中产阶级的家庭。父亲出身农民,在大革命和帝国时期靠自己的努力成为资产者。1814年,巴尔扎克全家迁至巴黎。中学毕业后,他根据家庭的安排开始攻读法律。复辟时期,巴尔扎克家境逐渐衰落。他的父亲想让他当律师,而他却想从事文学创作。1821年起,他同别人合作写过许多艺术性不高的幻想和冒险小说,都未用真名发表。他还经营过出版业和印刷厂,结果以失败告终并使他欠下6万法郎的债务。

巴尔扎克第一部以真名发表并获得成功的小说是《舒昂党人》(1829)。之后,他全力投入创作,在20年的时间里,以惊人的速度创作了大量作品。这些作品都被收入《人间喜剧》中。过分紧张繁重的写作损害了巴尔扎克的健康,他去世时刚过51岁生日。

## (二)《人间喜剧》简介

### 1.《人间喜剧》的分类

《人间喜剧》是巴尔扎克用毕生精力建造的文学大厦。这部百科全书式的巨著,包括九十余部作品,两千多个人物,内容涉及面之广、人物之丰富多彩、数字细节之精确、环境和形象之典型足以令人叹为观止。

《人间喜剧》在结构上分为"风俗研究""哲理研究""分析研究"3大类,其中"风俗研究"又分为6个"场景"。包括的主要作品有:

①《风俗研究》

私人生活场景:主要作品有《高利贷者》(1830)、《夏倍上校》(1832)、《高老头》(1834)、《三十岁的女人》(1831—1834)。

外省生活场景:主要作品有《欧仁妮·葛朗台》(1833)、《幽谷百合》(1835)、《于絮尔·弥罗埃》(1841)、《幻灭》(1837—1843)等。

巴黎生活场景:主要作品有《塞查·皮罗多盛衰记》(1837)、《纽沁根银行》(1838)、《娼妓的光彩与穷困》(1838)、《贝姨》(1846)、《邦斯舅舅》(1847)等。

政治生活场景:主要作品有《一桩无头公案》(1841)、《阿尔西的议员》(1847)等。

军旅生活场景：主要作品有《舒昂党人》、《沙漠里的爱情》(1830)等。

乡村生活场景：主要作品有《乡村医生》(1833)、《村里的神甫》(1839)、《农民》(1844)等。

②《哲理研究》

主要作品有《不为人知的杰作》(1832)、《驴皮记》(1834)、《绝对之探求》(1834)等。

③《分析研究》

仅出版了《婚姻生理学》(1828)。

2.《人间喜剧》的主要内容

①描写了金钱对社会各方面的腐蚀和主宰、拜金主义对人们内心世界造成的巨大影响,以及人与人之间赤裸裸的金钱关系,如《欧仁妮·葛朗台》。

②描写了资产阶级罪恶的发家史,塑造了不同时期的资产者形象(例如高卜赛克、纽沁根、葛朗台等)以及他们所代表的阶级在经济上、政治上的兴衰。

③描写了贵族阶级的没落史(包括古老的贵族阶级的没落和他们的子弟蜕变为资产阶级以及新贵族的全面堕落等内容),这些作品是对"上流社会必然崩溃的一曲无尽的挽歌",如《古物陈列室》。巴尔扎克是个正统派,他的同情在贵族一边,但当具体描写他们的言行时,又无情地嘲讽了他们。

④以赞赏的态度描写了共和党人的形象,如《幻灭》和《农民》。但巴尔扎克对人民的态度是矛盾的：一方面不承认劳动人民有参政的能力,不赞成工人的革命运动；另一方面又描写了人民中蕴藏着美好的品质,同情工人的贫困生活。这种矛盾态度在多

篇作品中都有流露。

3.《人间喜剧》的艺术成就

《人间喜剧》把艺术真实和历史真实高度统一起来。在《人间喜剧》中,巴尔扎克不仅表现了极其广阔的生活画面,而且把小说创作提高到社会研究的高度,自觉地力图准确把握时代的脉搏。

《人间喜剧》塑造了典型环境中的典型人物。在《人间喜剧》中,巴尔扎克使环境和人物表现得真实、准确,其原因是作家把握住了带有本质性的特征,把典型人物的塑造与典型环境的描写紧密地联系在一起。

## 二、《高老头》

长篇小说《高老头》在《人间喜剧》中占有重要地位,是巴尔扎克的代表作之一。小说以青年拉斯蒂涅和高老头两个基本平行而又交叉的人物故事为主线,同时穿插着强盗伏脱冷和鲍赛昂夫人的故事,通过对巴黎贵族资产阶级社会日常平凡但同时又激荡着波涛的生活的描写,绘制了复辟王朝时期法国社会的真实图画。这一时期社会最本质的特征是金钱日益成为社会的主宰,贵族阶级因经济上的衰败而被资产阶级暴发户击败并逐渐衰亡。

### (一)《高老头》的人物形象

拉斯蒂涅是《高老头》的第一主人公,是一个被资产阶级金钱至上的社会原则所腐蚀的贵族子弟的典型。他的形象从一个方面反映了那个时代贵族阶级没落、资产阶级崛起的历史趋势——贵族子弟抛弃贵族阶级的生活原则而资产阶级化。拉斯蒂涅是外省破落贵族子弟,为重振家业来巴黎寻找出路。这个本想通过勤奋读书取得功名的青年,很快就被巴黎的花花世界所腐蚀,产生了迅速爬上去的欲望。他去拜访远房亲戚、上流社会的重要人物鲍赛昂夫人,夫人给他上了第一课,她告诉他巴黎成功的秘诀——越没心肝,升得越快,并让他去追求银行家纽沁根的太太丹斐纳,以此作为向上爬的跳板。同住在伏盖公寓的逃犯伏脱冷又告诉他另一条发财致富的秘诀:谋财害命。鲍赛昂夫人和伏脱冷是拉斯蒂涅人生道路上的两个导师,他们的语言虽不相同,但阐述的原则是相同的:要想向上爬就要不择手段。拉斯蒂涅怀着恐惧拒绝了伏脱冷合伙谋财害命的计划。他按照鲍赛昂夫人的指点,征服了银行家纽沁根的太太,过了一段挥霍放荡的生活。当他看到纽沁根太太不能控制丈夫,自己眼看囊空如洗的时候,便准备实施伏脱冷的计划了。与此同时,为金钱至上的法则所左右的变故在拉斯蒂涅身边惊心动魄地发生了:鲍赛昂夫人被看中资产阶级小姐巨额陪嫁的情人抛弃,不得不挥泪告别巴黎到乡下隐居;曾经是富翁的高老头被两个挥霍无度的女儿盘剥得一贫如洗,像狗一样惨死在伏盖公寓;自认为有着神机妙算的伏脱冷,被贪图当局赏钱的人出卖,锒铛入狱。这三件事给拉斯蒂涅上了刻骨铭心的人生三课,他完成了自己的社会教育。埋葬了高老头,他站在公墓的高处远眺着巴黎灯火通明的上流社会区,下定了泯灭良心大干一场的决心。《高老头》真实地表现了拉斯蒂涅成为野心家的过程。

高老头原来是个面条商人,在大革命时期成为暴发户。他在本行业务上精明强干,但一离开本行就十分愚蠢。妻子死后,他把父爱看得高于一切,满足两个女儿最奢侈的要求,并以每人80万法郎的陪嫁使她们一个成了雷斯托伯爵夫人,一个成了银行家纽沁根的太太。他为了照顾女婿的门第盘掉了铺子,还节衣缩食供女儿挥霍。但当他临终前呼天抢地苦等再见女儿一面时,她们却没有一个来看望被榨干最后一滴血的老父亲。高老头的悲剧是资产阶级和市民内部一切旧的意识形态和封建羁绊被新时代的现金交易法则所取代的真实例子。

伏脱冷是个心黑手辣的苦役犯,他对资本主义金钱至上、弱肉强食的现实看得十分透彻,生活的目的就是不惜一切手段成为社会的强者,过"小皇帝"一样的日子。他与那些温文尔雅的资产者之间的区别仅仅是后者是合法的强盗,而他是非法的强盗而已。

鲍赛昂夫人是巴黎上流社会的皇后,有高贵的门第,趾高气扬,不可一世。但贵族门第敌不过资产阶级金钱的力量,资产阶级正在取代贵族阶级而成为社会的主人。鲍赛昂夫人被抛弃正是因为她的情人看中了资产阶级小姐的巨额陪嫁。她的形象从正面反映了贵族阶级没落、被资产阶级取代的主题。鲍赛昂夫人告别巴黎的舞会是作家着力描写的一幕,它表现了巴尔扎克对贵族的同情,但同时,他也"看到了他心爱的贵族们灭亡的必然性,从而把他们描写成不配有更好命运的人"。

## (二)《高老头》的艺术特点

《高老头》在艺术上堪称精品,其最主要的成就是塑造了典型环境中的典型人物。《高老头》描写了不少典型环境,如伏盖公寓、鲍赛昂夫人的客厅等。《高老头》中的人物形象都具有鲜明的性格特征,人物高度个性化。为了突出人物性格,巴尔扎克有时使用夸张人物某种性格特征的写法,如高老头的父爱。此外,他还善于通过肖像描写、个性化语言描写、心理描写、经济状况细节描写来塑造人物。《高老头》的故事情节还十分富有戏剧性。

## 第七节 狄更斯

### 一、生平与创作简介

查尔斯·狄更斯(1812—1870)是19世纪英国杰出的现实主义作家。他出身于一个小职员家庭。10岁时,因父亲负债全家人曾一度住进债务人监狱。迫于生计,狄更斯12岁就到皮鞋油作坊当学徒,还在橱窗里做过活广告。父亲出狱后,狄更斯进了学校,后因家贫而辍学。童年的苦难生活对狄更斯产生了深刻影响,奠定了他人道主义的思想基础。青年时期的狄更斯当过律师事务所的缮写员,后来又当了记者,在当记者期间开始了文学创作。狄更斯发表的第一部小说是《匹克威克先生外传》(1836—1837),这部小说的成功使他从此开始了专业作家的生涯。

狄更斯一生共写了14部长篇小说和许多中、短篇小说以及杂文、游记等。他的作品广泛而生动地反映了19世纪英国资本主义社会的人情世态,描绘了维多利亚时代的社会风貌。

狄更斯30—40年代的主要作品有《奥列佛·退斯特》(1938)、《尼古拉斯·尼古贝》(1838—1839)、《老古玩店》(1841)等。长篇小说《奥列佛·退斯特》被认为是作家第一部社会小说。作品描写了孤儿奥利佛在贫民收容所、棺材铺和贼窟里的悲惨生活,抨击了英国当时的"新济贫法",揭露了社会的黑暗。狄更斯这一时期的作品站在人道主义的立场上,同情小人物的悲惨遭遇,揭露社会的黑暗现象。但这时作者对社会罪恶的根源认识不深,仅仅认为社会罪恶是由个别人道德败坏和某些法律条文的不公正造成的。作品的结局往往是善有善报,恶有恶报。

狄更斯40年代比较重要的作品是长篇小说《董贝父子》（1848）、《大卫·科波菲尔》（1849—1850）。前者塑造了冷酷、拜金、狂傲、自负的英国商业资本家董贝的形象，反映了40年代资产阶级的某些本质特征。后者是一部自传性小说，通过主人公大卫·科波菲尔的经历和他个人奋斗的故事，展现了19世纪英国广阔的生活画面，表现了作者的生活态度和人生理想，在狄更斯的作品中占有重要地位。此外，狄更斯在这一时期还创作了《游美札记》（1842）、《圣诞欢歌》（1843）和《马丁·瞿述伟》（1843）等作品。

狄更斯50—60年代的主要作品有《荒凉山庄》（1853）、《艰难时世》（1854）、《小杜丽》（1867）、《双城记》（1859）、《远大前程》（1861）、《我们共同的朋友》（1865）。《荒凉山庄》通过一桩遗产纠纷案，抨击了英国的司法腐败，批判了包括议会政治在内的整个社会政治制度。《艰难时世》是一部反映劳资对立的作品。《远大前程》被认为是狄更斯最成熟的作品之一，反映了在资本主义社会里，贫苦少年的"远大前程"是注定要幻灭的。

狄更斯的作品随着时间的推移在社会批判的力度上不断加深，他晚期的作品已开始揭露英国政治制度、法律制度、官僚机构的腐败和反动。作家虽然对英国资本主义社会进行了广泛而深刻的揭露，但仍然相信人道主义改造人从而改造社会的力量。

## 二、《双城记》

《双城记》是一部以法国大革命为背景的历史小说。作品主要描写法国大革命前，正直的医生马奈特和一家农民被贵族厄弗瑞蒙德侯爵兄弟残害，以及在法国大革命中被迫害的人民向贵族复仇的故事。作家有感于19世纪50年代的英国与18世纪末的法国有许多相似之处,同样蕴藏着深刻的危机,有爆发革命的可能,因此他通过《双城记》告诫统治者,要汲取教训,解决社会问题,改善人民生活,以避免重蹈历史覆辙。

(一)《双城记》的思想内容

《双城记》的思想内容是通过众多的人物形象和丰富的情节线索表现出来的,主要包括三方面:

1. 小说描写贵族的罪恶和人民的苦难,说明法国大革命的爆发是必然的。马奈特医生到厄弗瑞蒙德侯爵府去看病,目睹了一桩罪恶:侯爵兄弟抢走领地上一美丽少妇进行玩弄,她的丈夫、父亲、兄弟及本人先后被迫害致死。正直的马奈特医生告发了侯爵的罪恶,告发信却落到了侯爵的手里,马奈特因而被关进了阴暗的巴士底狱达18年。侯爵的兄弟驱车轧死了穷人的孩子,傲慢地扔下一枚金币扬长而去。当时农村赤贫,城市穷困,广大人民在死亡线上挣扎,正是在这种贫富悬殊日益严重、阶级对立异常尖锐的情况下,法国大革命爆发了。狄更斯对法国大革命背景的描写,深刻地说明了这场革命的必然性和正义性,表现了作家进步的思想倾向。

2. 由于受资产阶级人道主义的局限,作家把革命描写成一场血腥的报复。在他笔下,革命群众一个个粗鲁野蛮,革命的中坚分子是一些毫无理性、只求嗜血复仇的暴徒。在这方面,狄更斯受了卡莱尔在《法国革命史》中阐述的革命即报复观点的影响,这表现了作家对暴力革命的否定。

3. 作家在马奈特医生、路希、卡尔登等人物形象身上寄寓了用人道主义改变丑恶现实的理想,而这种救世药方不过是美丽的幻想。《双城记》在表现狄更斯人道主义的进步性和局限性方面是十分鲜明的。

(二)《双城记》的主要人物形象

德伐石太太是一个革命者,也是狄更斯从自己的人道主义观点出发而写成的凶恶的复仇女神。她的一家惨遭侯爵杀害,因而对贵族怀有刻骨的阶级仇恨。她整天坐在作为秘密联络点的小酒店里不停地编织,记录着贵族的罪行。当革命到来时,她率领妇女冲在攻占巴士底狱队伍的前边,亲手砍下敌人的头颅。革命后的德伐石太太被狄更斯写成一个嗜血成性的杀人狂,她滥杀无辜,最后被路希的仆人打死。这一形象发展到后来,成为作者否定暴力革命思想的佐证。

马奈特、路希、查理、卡尔登,这一组形象是狄更斯人道主义思想的体现者。马奈特医生正直、善良,因告发侯爵的罪恶而被投入巴士底狱,几乎毁了一生。但当他得知女儿路希和侯爵的后代查理相爱时,为了年轻人的幸福,深埋下自己对贵族的仇恨,同意了他们的婚事。路希有着美丽的外表和美好的心灵,是纯洁善良的化身,她凭着真诚的爱使父亲的精神得以复活。她的内在的美赢得了查理和卡尔登两人的真挚爱情。查理虽有着不可改变的贵族血统,但他痛恨贵族的罪恶,改名换姓过着自食其力的生活。法国大革命爆发后,他又冒着生命危险前去营救无辜的管家。卡尔登为了路希的幸福甘愿利用自己和查理相貌酷似的特点代他受刑,作家还竭力渲染了他上断头台时的英勇和安详。作家借助这一组形象说明人道主义能消除仇恨,能使人的精神复活,而卡尔登为了爱人的幸福而捐躯正表现了人道主义思想的极致,他的无辜被杀也正是作者严厉谴责暴力革命的地方。

## (三)《双城记》的艺术特点

《双城记》用现实主义的方法真实地描写了法国大革命的背景(人民受苦、贵族横行霸道)及其革命的场面。与一般现实主义小说不同的是,它不拘泥于冷静客观的描写而是充满激情,不少地方在平淡的叙述中隐含着辛辣的讽刺,表现了作家的爱憎。小说运用了浪漫主义的神秘幻想和象征比喻的手法,故事情节在许多地方带有神秘色彩。如小说第一部《复活》写马奈特医生被从监狱中救出以及和女儿露西相见就具有神秘性。小说还善于运用带有隐喻的形象和词语,如"活埋""复活""葡萄酒""回响的足音"等,收到了很好的艺术效果。《双城记》情节复杂,但布局十分精巧。

# 第八节 果戈理

## 一、生平与创作简介

果戈理(1809—1852)是俄国杰出的讽刺作家,俄国批判现实主义文学的奠基人。果戈理出身于乌克兰波尔塔瓦省的一个小地主家庭,中学毕业后到彼得堡当过小公务员,后走上文学创作的道路。

果戈理的主要作品有:

短篇故事集《狄康卡近乡夜话》(两集,1831、1832),是反映乌克兰民间生活的故事集,带有浪漫主义色彩、浓郁的乡土气息和幽默感,格调明快。

中篇小说集《密尔格罗德》(1835)和《短篇集》(1835),鲜明地反映了作者的幽默和讽刺才能。《密尔格罗德》中的《旧式地主》和《两个伊凡吵架的故事》，真实而生动地描绘了当代地主空虚没落的生活，是引起"含泪的笑"的著名作品。

小说集《彼得堡故事集》，包括《短篇集》中的《涅瓦大街》《肖像》《狂人日记》等篇，后又加上《鼻子》（1836）、《外套》（1842）集结而成，主要表现小官吏、小知识分子的贫穷、痛苦和走投无路，也暴露了官僚、贵族的利欲熏心、道德败坏和作威作福。《外套》表明果戈理开始触及官僚制度。

喜剧《钦差大臣》（1836）的演出获得了巨大的成功，说明果戈理的创作进入了成熟期，他的批判与讽刺的特点在这部喜剧中得到了充分的发展。作品通过一伙俄罗斯外省官僚等待钦差大臣和接待假钦差大臣的故事，勾画出一幅沙皇官场群丑图。果戈理写作《钦差大臣》的本意是想以讽刺达到劝善惩恶的目的，但由于剧本对俄国官僚社会的讽刺和批判非常尖锐而受到反动势力激烈的诽谤和攻击。果戈理无法理解，于是避居国外，开始创作《死魂灵》。

《死魂灵》第一部的创作历时7年，这部揭露专制农奴制的小说于1842年发表后立即引起轰动。

《死魂灵》第一部出版后，果戈理再度出国。这一时期，他的思想开始变得保守和落后，竟至陷入神秘主义和保皇主义的泥潭，并开始怀疑自己过去的创作道路，陷入了严重的思想危机。他曾两度写和烧《死魂灵》第二部手稿，至1852年3月去世也未写出《死魂灵》的第二部。

## 二、《死魂灵》

《死魂灵》是一部以幽默讽刺的手法深刻揭露俄国专制农奴制腐败的作品，小说的基本内容是写投机家乞乞科夫到N城向地主们购买"死魂灵"以谋取暴利的故事。随着乞乞科夫的行踪,小说展现了一批各具特色的地主形象。

## (一)《死魂灵》中的主要人物形象

玛尼洛夫是懒散的梦想家,一个在文雅外表掩盖下的精神空虚的地主。他没有头脑,没有本事,靠祖传的庄园过着饱食终日的生活。他突出的特征是甜腻相和没有个性的个性。

科罗包奇咖是个寡妇,她愚蠢浅薄、孤陋寡闻,但很会攒钱,是一个在俄国任何一个偏僻角落里都会碰到的孤陋型的地主。

诺兹德辽夫厚颜无耻,劣迹昭昭,是个流氓无赖型的地主。撒谎打架、酗酒豪赌是他性格的主要特征和生活的主要内容。

梭巴开维奇是一个粗鲁残暴、贪婪凶狠的农奴主。他奉行弱肉强食的原则,对农奴进行残酷剥削,他的长相、举止和生活方式也像一头野兽,无半点文明可言。

泼留希金是一个极端腐朽没落的农奴主的典型。他的性格特征是极度贪婪和吝啬。他拥有庞大的地产和成千的农奴,但生活的目的仍是聚敛财富——不为自己享乐也不为他人造福的病态的聚敛。他的吝啬既对别人也对自己,自己过着囚犯不如的生活,穿的衣服像叫花子。虽然他非常富有,仓库里存放着堆积如山的粮食和大量腐烂变质的物品,但他竟到路上捡瓦片、破布、铁钉。在他的残酷压榨下,农奴们像苍蝇一样大量死去。这一形象说明腐败的农奴制使它的主人们堕落到多么可怕的地步。

小说的主人公乞乞科夫是农奴主兼资产阶级商人的典型形象。他出身于小农奴主家庭,生活于三四十年代资本主义已经开始发展的俄国。从父亲那里接受的是带资产阶级色彩(金钱万能)的封建家教,养成了投机钻营、唯利是图的性格。他全部生活的目的是追求花天酒地的寄生生活。收买"死魂灵"的罪恶勾当集中反映了他的性格。

《死魂灵》还描写了骑在人民头上作威作福的沙俄官僚们,并用反衬的笔法表现了人民。

## (二)《死魂灵》的艺术特点

《死魂灵》的艺术特点主要表现为:尖锐的讽刺;人物形象高度典型化、个性化;善于运用"抒情性插话"等。

# 第九节 陀思妥耶夫斯基

## 一、生平与创作简介

费多尔·陀思妥耶夫斯基(1821—1881)是19世纪俄国最杰出的小说家之一,也是文学史上思想矛盾最明显的作家之一。

陀思妥耶夫斯基出生在一个宗教气氛很浓的医生家庭。从小喜爱文学,曾遵从父命进军事工程学校学习,后来从事专业文学创作。

《穷人》(1846)是陀思妥耶夫斯基的第一部小说。作品写一个贫穷的小公务员资助一个孤苦少女的故事。小说继承了果戈理写"小人物"的传统,具有人道主义的思想倾向。

19世纪40年代陀思妥耶夫斯基发表的主要作品还有《孪生兄弟》(1846)和一些以彼得堡各阶层人物生活为题材的中短篇小说,如《普罗哈尔钦》(1846)、《脆弱的心》(1848)、《女房东》(1847)、《白夜》(1848)、《涅朵奇卡·涅兹瓦诺娃》(1849)等。

40年代晚期由于观点分歧,陀思妥耶夫斯基与别林斯基及其他战友决裂。1849年4月他因参加彼特拉舍夫斯基秘密小组的活动而被捕,在即将被处死时,当局把死刑改为4年苦役,然后到部队当兵,从他被捕到归来,前后共10年时间。这期间陀思妥耶夫斯基经历了痛苦的折磨。

服刑归来后,陀思妥耶夫斯基由于多方面的原因,世界观发生了很大变化。他改变了青年时代的社会革命理想,转而号召同现实妥协,宣扬忍耐顺从,认为个人和社会只有在对宗教的信仰中才能得到拯救。60—80年代陀思妥耶夫斯基的主要作品有:

长篇小说《被欺凌与被侮辱的》(1861):写贵族恶棍瓦尔科夫斯基公爵摧残弱者(工厂主史密斯一家和小地主伊赫缅涅夫一家)的故事。陀思妥耶夫斯基在描写弱者的不幸遭遇的同时,还宣扬了忍耐、顺从和宽恕的消极思想,被欺凌被侮辱者被写成一些驯良和可怜的人。作品虽然揭露了瓦尔科夫斯基的残酷和卑劣,却没有揭示出他性格和心理的社会根源,这使小说中尖锐的社会矛盾变成了抽象的道德冲突。

长篇小说《死屋手记》(1862):这部作品实际上可称为大型报告文学。作品真实地再现了沙俄苦役犯监狱的野蛮、残暴和极其可怕的图景。陀思妥耶夫斯基还对犯罪原因进行了研究,指出是专制农奴制度下残酷的生存条件造成了人们的犯罪。《死屋手记》是对沙皇专制制度的有力控诉,它的发表震动了俄国。

《地下室手记》(1864):在60年代初俄国的文学斗争中,陀思妥耶夫斯基站在反对革命民主派的立场,把革命民主派的美学思想说成是功利主义。《地下室手记》主要是反对革命民主派领袖车尔尼雪夫斯基的,含有论战的性质。

长篇小说《白痴》(1867—1868):陀思妥耶夫斯基的创作意图是想创造一个基督式的好人,来和革命民主派作家的"新人"抗衡。小说主要描写被欺凌的女子娜斯塔西娅·菲力波夫娜在婚姻爱情上的悲剧命运。她周围的一群卑鄙之徒把她当作买卖的对象,只有梅希金公爵真心爱她。但梅希金体弱多病,不谙世事,他的宽恕、忍让、博爱等基督教思想根本无力搭救娜斯塔西娅·菲力波夫娜,反而使恶棍们把他当作白痴。小说真实地反映出金钱已成为社会主宰的时代特征。

长篇小说《群魔》(1867—1868):这是陀思妥耶夫斯基反动倾向最明显的一部。小说把革命青年写成没有任何高尚情操、只沉迷于冒险和破坏的阴谋家,是"群魔",对俄国革命运动进行了攻击。小说遭到进步思想界的严厉批评。

长篇小说《卡拉玛佐夫兄弟》(1879—1880):这被认为是陀思妥耶夫斯基在社会、哲学、宗教、道德观点上带有总结性的作品。小说的中心情节是俄国外省某小城发生的一桩弑父案。作品描写了老卡拉玛佐夫被杀前家庭内父子兄弟间因金钱利害关系和严重的道德堕落而引起的矛盾冲突以及卡拉玛佐夫被杀后的审判过程。卡拉玛佐夫一家表现出一种共同的"卡拉玛佐夫气质",即贪财、好色和恣意放纵。这种气质实际上是在俄国特有的社会背景下,地主资产阶级腐朽思想和小市民的劣根性的集中反映。伊凡·卡拉马佐夫是进步青年思想观点的表达者,但结局意味着他的反抗及其哲学的失败。阿辽沙和佐西马长老是作者正面理想的体现者,他们的信仰和救世药方实际上是基督教的教父和信条。小说最具力量的是那些揭露贵族资产阶级的腐朽和描写人民苦难生活的篇章。

在陀思妥耶夫斯基的作品中,对被压迫者苦难生活的描写、对贵族资产阶级恶德败行的揭露和人道主义思想的表现是基本内容。同时,陀思妥耶夫斯基在作品中又不同程度地宣扬了宗教道德思想观念。陀思妥耶夫斯基的作品在艺术上极具表现力,尤其具有高超的心理分析技巧。

## 二、《罪与罚》

长篇小说《罪与罚》是陀思妥耶夫斯基最重要的作品之一。小说故事发生的背景是19世纪60年代中期的彼得堡。当时农奴制度刚刚废除,俄国正处在旧基础迅速瓦解、资本主义迅猛发展的时期。这一时代的主要特征是贵族阶级腐朽没落,资产阶级事业家、冒险家正走上社会舞台,社会上出现了触目惊心的赤贫现象。《罪与罚》的主要内容是写贫困大学生拉斯柯尔尼科夫杀人犯罪,被判服刑以及内心得到救赎的故事。

### (一) 小说的主要人物形象

拉斯柯尔尼科夫是作品的主人公。他的故事可以分为犯罪与惩罚两部分。他是从外省到京城求学的大学生,聪明敏锐,心地善良,性格高傲、孤独、忧郁、有些怪僻。他生活在社会底层,生活十分贫困,后因交不起学费而退学,常付不起房租,有时甚至挨饿。在走投无路的情况下,有三件事促成了他酝酿已久但又不断反悔的杀人计划。其一是酒馆里大学生和军官关于杀死老太婆,用她的钱能办许多好事的议论。其二是马尔美拉多夫家的悲惨处境。其三是母亲谈到家中艰难处境的信。此外,他头脑中还有一种理论,即认为人分为平凡的人与不平凡的人两类,前者天生循规蹈矩,而后者有权为达到自己的目标而为所欲为。拉斯柯尔尼科夫要试验一下自己是否属于不平凡的人。于是,他杀了放高利贷的老太婆以及老太婆的妹妹。

在犯罪以后,拉斯柯尔尼科夫在精神上受到了巨大惩罚,他的精神崩溃了,并且断绝了和朋友的联系。陀思妥耶夫斯基认为这说明他的"为所欲为"理论破产了。陀思妥耶夫斯基还认为这种理论的思想实质是极端个人主义,而这种理论产生的原因是"虚无主义"(即被保守派所诬蔑的无神论、唯物论和社会主义思想),这是陀思妥耶夫斯基对进步思想的歪曲。

拉斯柯尔尼科夫最后在索尼娅虔诚信仰的感召下投案自首,这是一个艰难的、其间多次出现心理抗拒的过程。拉斯科尔尼科夫被判8年苦役,索尼娅跟他一同去了。在索尼娅的献身精神和爱情的感召下,他逐渐发生了变化。作者暗示,他将获得新生。

作品的女主人公索尼娅出身贫苦,为了养活父亲(马尔美拉多夫)和继母以及继母的三个孩子,自愿当了妓女。为了养家,她甚至没有自杀的权利。她心灵纯洁,虔诚地信仰上帝,她的形象充分体现了基督精神:心中怀有崇高信仰而背负着沉重的苦难。

卢仁是个律师,也是个新兴的资产者,他伪善狡猾,有着明确的利己主义人生观。他要娶杜尼雅,其目的是要让这个贫寒的姑娘把丈夫当恩人,听任他摆布而毫无怨言。为了娶杜尼雅,他使用了种种卑劣的手段。作家通过这个形象表达了自己对新兴资产阶级深恶痛绝的态度。

绥德里盖洛夫是个没落的贵族地主,他的性格具有两面性。一方面,他精神空虚、道德堕落,好色而残酷(如奸污聋哑少女并逼她上吊,折磨仆人致死);另一方面,他比较豪爽聪明,有时还有人性和良心(如保全杜尼雅的名誉、救助马尔美拉多夫的孩子等)。他的形象集中反映了农奴制改革后贵族地主阶级在精神上、道德上的堕落。

## (二)《罪与罚》的艺术特点

《罪与罚》的情节富有戏剧性，跌宕起伏、惊险曲折，扣人心弦。小说具有出色的心理分析技巧，其手法包括大段的内心独白，表现梦境、幻觉、无意识流露和下意识冲动等。作者虽然也有对主人公正常情况下的心理描写，但更多的是写出了他在非正常情况下的心理和精神状态。陀思妥耶夫斯基在心理分析方面堪称大师。

# 第十节 左 拉

## 一、生平与创作简介

爱弥尔·左拉（1840—1902）是19世纪下半叶法国著名小说家。左拉生于巴黎，父亲是著名工程师，7岁时，父亲因病去世。左拉中学毕业后没有上大学，生活十分贫困，但他意志坚强，刻苦自学，努力提高自己的文化素养。1862年，左拉到一家出版社工作，从干一些粗活到从事广告工作。这期间，他结识了一些作家，自己也走上了文学创作的道路。

左拉最初发表的一些作品表现出浪漫主义文学对他的影响。19世纪60年代，左拉受泰纳实证主义哲学、生物学和生理学理论以及龚古尔兄弟病理分析小说《日尔米妮·拉赛尔特》的影响，形成了自己的自然主义理论。其基本观点是：可以对人的行为进行生理和病理分析，作家应该像实验室里的化学家那样进行实验，不过实验的对象是人；作家应采取冷静客观的态度，只观察研究和记录事实，而不作社会政治的、道德与美学的评价。左拉阐述自然主义理论的著作主要有《黛莱丝·拉甘》序言、《实验小说》、《戏剧中的自然主义》、《自然主义小说家》等。左拉自然主义成分最明显的作品是小说《黛莱丝·拉甘》（1867）和《玛德兰·费拉》（1868）。《黛莱丝·拉甘》写女主人公与情夫合谋杀死自己的丈夫，后来因懊悔发展为与情夫的彼此仇恨，最终精神失常、自杀的故事。作者认为"每一章都是对生理学一种病况的有趣研究"。长篇小说《玛德兰·费拉》也是对一种病态爱情的心理分析。

左拉虽然是自然主义文学理论的提倡者，但在创作实践上却并不囿于自然主义理论，而是表现出现实主义的特征。其《卢贡—马卡尔家族》是一部包括20部长篇小说的社会史诗。涉及的内容有：政治：如《卢贡家族的命运》《卢贡大人》《普拉桑的征服》。军事：如《崩溃》。宗教：如《莫雷教士的过失》。不动产投机：如《贪欲》。商业和金融：如《妇女乐园》《金钱》。工人生活：如《小酒店》《萌芽》《人兽》。农民：如《土地》。科学：如《巴斯卡尔医生》。艺术：如《作品》。交际花：如《娜娜》等。

这部巨著包括一千多个人物，是法国第二帝国时代一个家族的自然史和社会史，也是这一时代的百科全书。在这20部长篇小说中，比较重要的有：《卢贡家族的命运》（1869）、《贪欲》（1871）、《妇女乐园》（1883）、《小酒店》（1882）、《萌芽》（1885）、《金钱》（1891）、《崩溃》（1892）等。其中长篇小说《萌芽》被认为是左拉的代表作。

1894年，法国发生"德雷弗斯案件"，左拉因伸张正义遭当局迫害而流亡英国一年。他晚年的作品有作品集《三名城》（包括《鲁尔德》[1894]、《罗马》[1896]、《巴黎》[1898]）和《四福音书》（包括《繁殖》[1899]、《劳动》[1901]、《真理》[1903]、《正义》[未完成]）。1902年9月左拉死于煤气中毒。

## 二、《萌芽》

《萌芽》是反映无产阶级早期斗争的作品。小说主要叙述以服娄矿场为主的一次大规模的工人罢工,并表现了罢工中不同思想的斗争。在作品中,作家真实描写了煤矿工人的悲惨生活以及所受到的敲骨吸髓的剥削压迫:工人们在极端艰苦恶劣的条件下从早到晚拼死拼活地干,不仅仍然挨饿受冻,而且很多人得了矽肺病并殃及子女。在这种情况下,以艾坚为首的工人们忍无可忍,决定罢工。他们破坏了一些设备,并联合了其他煤矿一致行动。罢工中,工人们和煤矿公司进行了几个回合的艰苦斗争,还与军警发生了流血冲突。最后政府出面干涉,公司采取欺骗手段迫使工人复了工。无政府主义者苏瓦林破坏了排水系统,使得矿井被淹。艾坚获救,十余名工人丧生。艾坚最后也被公司开除了。小说告诉人们,工人的贫困完全是由资本家的剥削造成的。当时的罢工虽属早期工人运动,但已是有阶级觉悟的工人的集体行动,带有一定的政治斗争的性质。斗争虽然失败了,但小说的结尾预示着工人阶级的正义事业将来一定会开花结果。《萌芽》是19世纪反映工人运动的最优秀的作品。

### (一)《萌芽》的主要人物形象

艾坚是一个从基层成长起来的工人领袖形象,具有英勇无畏、勇于献身的优秀品质。他的弱点是思想比较混乱(既相信马克思主义,又相信空想社会主义和达尔文生存竞争理论),因而无力长期领导群众。他甚至幻想合法斗争,还有虚荣心和名利思想。

马赫嫂是《萌芽》工人集体形象中最突出的一个。马赫一家世代都是矿工,有6人丧生井下,在罢工中,他们都是斗争的中坚分子。尤其是马赫嫂,她是一个从普通家庭妇女成长起来的坚强的无产阶级战士,她的形象体现了工人阶级勤劳、淳朴、坚强和富于自我牺牲精神等优良品质。起初她对资本家存有幻想,但在严酷的现实教育下,她抛弃了幻想而勇敢斗争,并且表现得十分坚强。马赫嫂是小说写得最丰满的形象。

(二)《萌芽》的艺术特点

《萌芽》善于把粗犷和细致两种因素结合在一起,既勾画出气势磅礴的群众场面,又有许多细致的描写;善于运用对比的手法描写工人和资本家的生活,以突出劳资矛盾。《萌芽》有自然主义的描写。

## 第十一节 莫泊桑

### 一、生平与创作简介

居伊·德·莫泊桑(1850—1893)是19世纪后半期法国小说家,尤其以创作短篇小说闻名于世。他出身于一个破落贵族的家庭,母亲很有文学修养,法国的另一位著名作家福楼拜是她的朋友。在上中学期间,莫泊桑就曾从事多种体裁的习作。1872年刚进大学的莫泊桑应征入伍,后来曾在海军部和教育部供职。

从1873年起,莫泊桑得到著名作家福楼拜的指导,逐步掌握了较高的写作技巧。通过福楼拜,莫泊桑得以结识左拉、屠格涅夫、龚古尔等当时一批知名作家。1879年夏天的一个晚上,有6位作家在左拉的梅塘别墅聚会,他们商定每人各写一篇以普法战争为背景的短篇小说,莫泊桑写出了那篇出色的《羊脂球》,并因此一举成名。此后,莫泊桑辞去公职,专心从事写作。莫泊桑1893年逝世,年仅43岁。

莫泊桑一生从事创作的时间不长,但留下了丰富的文学遗产。他著有中短篇小说三百余篇,长篇小说6部(《一生》《漂亮的朋友》《温泉》《皮埃尔和若望》《像死一般坚强》《我们的心》),诗集1部,游记3部。

莫泊桑的短篇小说成就很高,主要内容包括以下几方面:

1. 描写资产阶级风俗习尚的作品,如《遗产》(1884)、《珠宝》(1883)、《我的叔叔于勒》(1883)、《项链》(1884)等。在这类作品中,作家揭露了资产阶级的腐化堕落和拜金主义等丑恶风尚,同时也描写了小资产阶级爱慕虚荣、追求浮华的心态。

2. 描写在金钱至上的社会里,人们之间冷酷关系的作品,如《瞎子》《穷鬼》《西蒙的爸爸》等。这类作品深刻揭示了资本主义社会里世态炎凉,人们缺少同情心,变得越来越冷酷的状况。

3. 反映普法战争的作品,如《羊脂球》(1880)、《米隆老爹》(1883)、《蛮大妈》(1884)等。在这类作品中,作家强调普通群众有更多的爱国主义,在与敌人的斗争中往往表现得英勇顽强。

4. 在自然主义思潮影响下的作品,如《保尔的女人》《他是谁》等。

莫泊桑的短篇小说在艺术上特点十分明显。这些小说大都取材于平凡的日常生活,截取其中一个极平常但具有典型意义的片断,反映出深刻的思想内容。每篇小说都表现了人情世态及社会风俗。作者基本不直接表露自己的倾向,不动声色、客观而冷峻,以故事自身表达对人物的好恶。作品构思与布局巧妙,虽取材于平凡的生活,但也有引人入胜的情节布局,开始时平稳地展开,情节突然发生转折,往往出现一个意想不到的结局。作品具有出色的细节,语言准确、明晰、生动。这种小中见大的功力使莫泊桑享有"短篇小说之王"的美誉。

## 二、《羊脂球》

### (一)《羊脂球》的思想内容

《羊脂球》以1870—1871年普法战争为背景。通过代表当时法国社会各阶层的10个人同乘一辆马车逃往一个港口的故事,形象地反映出资产阶级在这场战争中所表现出的卑鄙自私和出卖人民的丑恶嘴脸。

在小说中,作者把下等人和上等人作了对比,检验了他们的道德水准。羊脂球是一个有爱国心的妓女,10个人当中只有羊脂球配得上称为高尚的人和有爱国心的人。她心地善良,在马车上,尽管那些贵族资产阶级老爷太太对她表示了轻视和侮辱,可是当他们饥饿难耐的时候,羊脂球慷慨地请他们分享自己的食物。她还有强烈的民族自尊心。而那些所谓上等人都是些灵魂丑恶、损人利己的败类。

《羊脂球》的中心问题是如何对待外国侵略者暴行的问题。这也是普法战争造成法国惨败以至遭受奇耻大辱的原因。莫泊桑只是写了一个普鲁士军官要求一个法国妓女陪他过夜的故事,通过如何对待敌人野蛮无礼的要求,反映了法国不同的阶级和不同社会力量在战争时期的政治态度,反映了历史的真实与问题的实质。

### (二)《羊脂球》的艺术特点

《羊脂球》的艺术特点主要有:巧妙的情节构思和结构布局;细致的肖像描写和准确生动、富有特色的语言使人物形象高度个性化;对比手法的运用。

## 第十二节　易卜生

### 一、生平与创作简介

易卜生是挪威戏剧家,欧洲现代戏剧创始人。易卜生出生于挪威东南海岸斯基恩城一个富商家庭。8岁时家道中落,15岁进药店当学徒,其间他刻苦学习并开始写诗。挪威在历史上长期是丹麦藩属,1814年虽与瑞典结成联邦,但并不能起主导作用。在1848年欧洲革命影响下,挪威的民族独立运动也开展起来,易卜生积极投身其中,创作了一些歌颂民族独立的诗歌,并写了反专制暴政的剧本《凯蒂莱恩》(1850)。

1850年,易卜生到首都考大学未果。从1851年起,他在剧院工作并写了一些剧本。1868年,丹麦的一块领土被普鲁士和奥地利联军强占,挪威未出兵支援丹麦。易卜生对政府的国内外政策感到气愤,便前往意大利开始了侨居生活。在国外,他创作了不少剧本,包括著名的"社会问题剧"。

1891年,易卜生结束26年的侨居生活回国定居,此后以两年一部的速度继续创作。1906年易卜生去世,挪威国王为他举行了国葬。

易卜生一生创作了二十几个剧本和一些诗歌,而以戏剧创作最为重要。

易卜生在他的创作早期主要写浪漫主义历史剧,其中重要的有《英格夫人》(1855)、《觊觎王位的人》(1863)等。易卜生的历史剧大多取材于古代英雄传奇、民歌民谣、神话传说,又对现实社会有所触及,在艺术上具有浪漫主义风格。

《布朗德》(1866)和《培尔·金特》(1867)是两部哲理诗剧,写于易卜生侨居初期。其主题是表现个人理想和庸俗现实之间的矛盾。

1868年至80年代初,易卜生创作了一系列揭露资本主义社会问题的"社会问题剧",涉及政治、宗教、道德、家庭、妇女、教育、法律等多方面,在易卜生的创作中占有重要地位。主要有5部:《青年同盟》(1869):通过青年律师史丹斯戈的形象揭露了资产阶级党派和上蹿下跳的政客嘴脸。《社会支柱》(1877):通过有权有势的博尼克领事的形象揭露了资产阶级的社会支柱是一些道德败坏、狠毒伪善的人。《玩偶之家》(1879):探讨了妇女从男权的压迫下解放出来的问题,是易卜生最优秀的作品之一。《群鬼》(1881):是易卜生为反击资产阶级评论界对《玩偶之家》的非难而作。作品通过阿尔文太太忍辱负重的一生,揭露了丑恶虚伪的婚姻家庭关系对妇女和下一代身心的严重摧残。《人民公敌》(1882):揭露了资本主义社会中资产阶级为牟取暴利不惜残害人民的罪恶,塑造了为人正直、坚持真理、忠于科学、勇敢无畏的斯多克芒医生的形象。

易卜生回国后创作的主要剧本有《野鸭》(1884)、《建筑师》(1892)、《当我们死人醒来的时候》(1899)等。揭露了资本主义社会的种种罪恶但又找不到出路,回国后远离社会斗争,晚年病重,心情郁闷,这些都决定了易卜生这一时期创作的特点:批判的力量减弱,作品带有悲观情绪和神秘色彩。在艺术上多采用象征手法,注重人物心理刻画等。

易卜生戏剧创作的主要意义是在19世纪后期的欧洲引起了一场戏剧革命。在内容上,他发扬现实主义传统,反映了当代许多重要的社会问题。在艺术上,对戏剧艺术的发展进行了许多革新和创造,包括结构、主题、对白、心理刻画等方面。

## 二、《玩偶之家》

《玩偶之家》是易卜生的代表作之一。剧本的故事发生在挪威首都奥斯陆一个圣诞节前夕。女主人公娜拉8年前曾为救丈夫的命迫不得已伪造签字借了一笔钱,8年来她一直为家庭、丈夫操劳,并且瞒着丈夫靠自己的劳动独立还债。但当丈夫海尔茂得知此事后,非但不理解妻子的苦心,反而恶语相加。娜拉因此认识到自己在家庭中的屈辱地位,毅然离家出走。

### (一)《玩偶之家》的主要人物形象

娜拉是一个小资产阶级女性。在识破海尔茂虚伪面目前,娜拉一直生活在脉脉温情之中,从未考虑过妇女在家庭中的位置问题。但她并不庸碌,她具有真诚、善良、勇敢等美好品质,如同情林丹太太、阮克大夫,忠于爱情,独立借钱、还债,曾想以自杀保全丈夫的名誉等等。识破海尔茂的虚伪面目后,娜拉认识到了自己在家庭中的玩偶地位,对以男权为中心的社会及维护这种社会的法律、宗教、道德提出了疑问和控诉,并离开了"玩偶之家"。

海尔茂是一个冷酷、自私、伪善的男权主义者,是资产阶级市侩。他在剧中是作为娜拉的对立面出现的。按照资产阶级世俗的观点来看,他是一个"正人君子"和"模范丈夫"。但实际上,他生活的核心是金钱、地位,无论是辞退柯洛克斯泰,还是知道伪造签字事件后大骂娜拉,都是为了保住自己的名誉和地位。他不仅是个以男权思想为中心的代表人物,而且是资产阶级制度的卫道士。

## (二)《玩偶之家》的艺术特点

《玩偶之家》的戏剧矛盾集中紧张,作品集中表现矛盾冲突爆发那一天中发生的事,即伪造签字事件的暴露,而用"追溯法"交代矛盾冲突的起因和过程。

《玩偶之家》还善于把"讨论"带进戏剧,剧情的发展过程就是讨论的过程。剧中提出了许多问题,如娜拉为救丈夫伪造签字的问题、妻子要求人格独立的问题,这些问题的讨论能紧紧抓住观众的注意力,促使人们思考。

《玩偶之家》善于对人物进行心理刻画,尤其擅长运用细节和动作来表现人物的心理。如娜拉用跳舞来掩饰内心的紧张情绪等。

# 第十三节 托尔斯泰

列夫·尼古拉耶维奇·托尔斯泰(1828—1910)是19世纪俄国伟大的现实主义作家,把现实主义文学推向了一个新的高峰。

## 一、生平与创作简介

### (一)早期生活和创作

托尔斯泰出生在离图拉城不远的贵族庄园亚斯纳雅·波里亚纳。童年生活幸福,受到良好的教育。1844年进喀山大学,此间深受卢梭思想的影响,后因不满大学教育而退学。回到故乡后,进行了一次不成功的农事改革。后赴高加索前线。在这里,他一边参加战斗,一边读书并从事文学创作,大约于1855年退役。这一时期托尔斯泰的主要作品有:

小说三部曲《童年》(1852)、《少年》和《青年》(1854—1856),其基本内容是写贵族少年尼考林卡性格和世界观的形成过程。三部曲表现出托尔斯泰以后在思想和艺术上的初步特点,如"道德自我完善"的思想、艺术上的心理分析等。

特写集《塞瓦斯托波尔的故事》(1852),包括三篇特写,主要内容是记录塞瓦斯托波尔保卫战中普通士兵的勇敢和爱国主义精神。

中篇小说《一个地主的早晨》(1856),带有自传性,作品的情节以托尔斯泰回故乡从事以改善农民生活为目的的失败改革为基础。小说真实反映了农民的贫困生活,并说明农民和地主间的鸿沟是不能填平的。

此外,这一时期的重要作品还有表现贵族平民化的努力以失败告终的中篇小说《哥萨克》(1863)和表现一个农奴的悲剧的小说《波里库什卡》(1863)。

## (二) 中期生活和创作

六七十年代是托尔斯泰创作的鼎盛时期,他创作了两部伟大作品——长篇小说《战争与和平》(1863—1869)和《安娜·卡列尼娜》(1873—1877)。

《战争与和平》的主要内容是写1805年和1812年俄国同拿破仑法国进行的战争以及和平时期的生活。小说真实地反映了惨烈的战争场面,也反映了俄国社会、经济、文化和家庭生活的许多特点。全书的重点是歌颂1812年战争中俄国人民保家卫国的爱国精神。在阐述历史问题时,作家肯定了人民群众是历史发展的动力,个人对历史事件不可能起决定性的作用,但同时又有一切历史事件都是命中注定的宿命论观点。《战争与和平》在艺术上十分精湛,被称为史诗体小说。

在作品中,托尔斯泰塑造了一系列贵族形象。此时托尔斯泰是站在贵族阶级的立场来揭露本阶级的弊病的。他笔下的贵族分成两类:一类是当朝宫廷显贵,热衷于功名利禄的官僚和腐败贵族;另一类多是外省庄园贵族,他们保持了民族的优秀品质,书中主要男主人公都是这类人物。主人公安德烈和彼埃尔都是精神探索型人物,但两人性格很不同。安德烈才智过人、孤傲坚强、刚直不阿,他过着一种紧张的精神生活,不断探索生命的意义,对自己永不满足,最后为国捐躯。他是那个时代俄国最优秀的人物之一。彼埃尔是个淳朴善良的好人,但容易感情冲动,缺乏意志力,经常显得漫不经心。彼埃尔探讨一种道德的理想,寻求一种在精神上得到满足的生活。在小说的最后部分,他走上了同专制政权作斗争的道路。娜达莎是俄罗斯文学中最有艺术魅力的妇女形象之一,她淳朴自然,在莫斯科大撤退时表现得勇敢无畏。但她最后被塑造成一个符合托尔斯泰较为保守的妇女观的典型贤妻良母。

《安娜·卡列尼娜》以女主人的悲剧命运为中心展开情节线索。安娜在未成年之时由家人做主嫁给了官僚卡列宁,卡列宁是个枯燥乏味的人,妻子对他而言不过是一件装饰品。沃伦斯基的出现唤醒了安娜沉睡的爱情,为了爱情,安娜离家出走。安娜的行为遭到了上流社会的迫害,卡列宁用各种办法来折磨安娜(拒绝离婚,拒绝把儿子给安娜)。后来沃伦斯基对安娜开始冷淡,安娜走投无路,最终自杀。安娜的悲剧完全是那个社会的政治、法律、道德和宗教势力联合压迫所造成的。列文是小说第二条情节线索的主要人物,他的形象表达了作家思想的矛盾,既憎恶统治阶级的腐败,又不想改变现存制度。列文最后和吉蒂结婚,在家庭中找到了幸福,这和安娜的结局形成了鲜明的对比。《安娜·卡列尼娜》

的艺术成就很高,主要表现在人物塑造(尤其是细腻的心理刻画)和小说的结构上(两条情节线索既平行又相交)。

### (三) 后期生活和创作

70年代末80年代初,托尔斯泰的世界观发生了激变。他在一系列论文中表达了自己的观点,与贵族阶级的传统观点决裂,站到广大宗法制农民的立场,对沙皇俄国的经济基础和上层建筑进行了猛烈的抨击;而他的救世药方则是"不以暴力抗恶""道德上自我完善"等宗教精神,甚至否定自己过去的创作而试图写"人民故事"。这一时期托尔斯泰的主要作品有:《黑暗的势力》(1886)、《克莱采奏鸣曲》(1891)和长篇小说《复活》(1889—1899)。这些作品大多带有道德说教的含义。晚年的托尔斯泰不屈服于官方教会的迫害,继续坚持自己"平民化"的理想,因坚持放弃财产而与妻子儿女发生矛盾。1910年10月27日深夜他离家出走,中途患肺炎死在一个小火车站上。

托尔斯泰的创作深刻反映出19世纪后半期到20世纪初俄国社会的特点:资本主义有了较快发展,但农奴制残余依然严重。托尔斯泰是"俄国千百万农民在俄国资产阶级革命快要到来的时候的思想和情绪的表达者","是俄国革命的一面镜子"(列宁语)。

## 二、《复活》

《复活》是托尔斯泰的代表作之一。公爵聂赫留朵夫作为地方法院陪审员参与审理了一桩杀人案,发现被告竟是多年前与他有过感情纠葛的玛丝洛娃。玛丝洛娃是农奴的女儿,后成为聂赫留朵夫姑妈的养女兼婢女。16岁时,天真活泼的玛丝洛娃与19岁的聂赫留朵夫发生了恋情。3年后,已经堕落了的聂赫留朵夫诱奸玛丝洛娃后就去了部队。玛丝洛娃怀孕后被女主人赶出家门，孩子生下来就死了。玛丝洛娃后来当了妓女。由于法官们的玩忽职守，玛丝洛娃被错判有罪，流放西伯利亚。玛丝洛娃的不幸遭遇强烈地震撼了聂赫留朵夫，他决心为她上诉请愿。在请愿的过程中，聂赫留朵夫看到了俄国社会各方面的丑恶现象，他的良知渐渐被唤醒。玛丝洛娃最终得到减刑并嫁给了一名政治犯。小说预示着男女主人公的精神得到了复活。

## （一）《复活》对沙皇专制制度的揭露和批判

《复活》通过玛丝洛娃的悲惨遭遇和聂赫留朵夫为她上诉请愿的过程，对沙皇专制制度的反人民本质进行了全面而有力的揭露。主要包括以下几方面：

1. 通过对法庭审判过程的描写，真实地反映出沙皇俄国司法制度和暴力镇压机构的罪恶本质。这包括对法庭上一群法官的揭露，对中高级官吏（副省长、典狱长、看守长、前国务大臣、将军、大法官）的揭露，对监狱的可怕和丑恶的揭露。作家指出，许多人遭到逮捕和判刑的原因是他们妨碍了官吏和富人们享有特权，而法律是为了维护统治阶级的利益而制定的。

2. 对沙皇专制制度的精神支柱——官办教会给予了无情的揭露。统治者的种种恶行，都得到了教会的支持并披上了神圣的外衣，例如对狱中宗教祈祷仪式的描写。小说还写到，神父劝导人们清心寡欲、勿贪私利，宣传了46年，而自己却挣得了一所房子和3万卢布。

3. 对腐朽没落的贵族阶级进行了揭露。作家在《复活》中描写的贵族已经没有优秀人物，他们都是一些空虚、腐朽、伪善的寄生虫。

作家还真实地描写了广大农民的悲惨处境,他的同情完全在农民一边,并明确表示反对土地私有制。

## (二)《复活》的主人公形象

聂赫留朵夫是一个忏悔贵族的形象。起初,他是个纯洁高尚的青年,富于自我牺牲精神,曾把继承来的土地送给农民,但后来受到贵族社会腐朽放荡生活的熏染,成为一个利己主义者,干出了诱骗玛丝洛娃的勾当。在法庭上,他被玛丝洛娃的不幸遭遇强烈地震动了,开始意识到自己有罪。在为玛丝洛娃的案件奔走上诉的过程中,他看到了社会的种种不合理现象,逐渐树立了否定现存制度和土地私有制的信念,但他最终没有找到铲除社会罪恶的途径,而是在宗教道德中找到了精神归宿。聂赫留朵夫作为托尔斯泰探索型主人公的最后一个,集中体现了托尔斯泰主义的"不以暴力抗恶"和"道德上自我完善"的思想。聂赫留朵夫的结局反映了托尔斯泰世界观的矛盾性和解决社会问题时的软弱无力。

玛丝洛娃是一个美丽、善良、勤劳、被侮辱被损害的妇女形象。她在被玩弄和欺骗后清醒地认识到富人和穷人的对立,看到了宗教欺骗人的本质,但她找不到光明的出路,只能借酒浇愁、麻痹自己。她的"复活"是人的尊严与信心的"复活",其原因有二:一是聂赫留朵夫的感化,二是政治犯的影响。

## (三)《复活》的艺术特点

《复活》在结构上的特点是简单清晰的单线索结构,即聂赫留朵夫为玛丝洛娃的案件奔走上诉及和她一同赴西伯利亚,男女主人公过去的关系用倒叙和回忆的手法进行交代,十分清晰紧凑。《复活》使用了尖锐对比的手法,如玛丝洛娃从肮脏的牢里被押去受审,而造成她不幸命运的聂赫留朵夫却刚从豪华的卧室中苏醒;在农村,衣冠楚楚的老爷和衣衫褴褛的村民以及他们骨瘦如柴的孩子的对比等等。这种对比手法的运用产生了强烈的艺术效果。《复活》的心理描写细腻深刻,在语言上具有独特的讽刺力量。

## 第十四节　马克·吐温

### 一、生平与创作简介

马克·吐温(1835—1910)是19世纪后期美国现实主义文学的杰出代表。他原名塞缪尔·朗赫恩·克莱门斯,出身于密苏里州佛罗里达镇一个乡村律师兼店主的家庭,少年时期当过印刷所的排字工人。1856年他乘船沿密西西比河南下时拜一位老水手为师,后来就在密西西比河上当领港员直到内战爆发。"马克·吐温"这个笔名就来源于水手生活("马克·吐温"是英文 Mark Twain 的译音。Mark Twain 是水手术语,意为水深12英尺,船可顺利通过)。

马克·吐温在少年时期当排字工人时就开始学写幽默故事。1865年幽默故事集《卡拉韦拉斯县驰名的跳蛙》的发表使他一举成名。此后两年,他以记者身份游历了夏威夷、欧洲等地,写成《傻子国外旅行记》(1869)一书。随着对社会认识的不断加深,他的创作中出现了尖锐讽刺的成分,如短篇小说《竞选州长》(1870)、《爱尔斯密的朋友再度出洋》(1870)。70年代初到90年代中,马克·吐温由写幽默故事转向以创作长篇小说为主,开始探讨更为深刻的社会问题。这一时期,他发表了讽刺战后资本主义迅速发展时期出现的社会弊端的长篇小说《镀金时代》(1873年与查·沃纳合写)、讽刺封建制度和宗教的长篇小说《亚瑟王朝廷里的康涅狄格州的美国人》(1889)和《王子与贫儿》(1881)、长篇小说姊妹篇《汤姆·索亚历险记》(1876)和《哈克贝利·费恩历险记》(1884),以及《傻瓜威尔逊》(1893)等。其中《哈克贝利·费恩历险记》在思想上和艺术上都不同凡响,被认为是马克·吐温的代表作。

19世纪末,马克·吐温曾到世界许多国家去讲演,目睹了帝国主义对殖民地人民的压迫,这促使他坚定了反对帝国主义的立场。这一时期,他发表了暴露资产阶级"拜金主义"的中篇小说《败坏了哈德莱堡的人》(1899),以及《赤道旅行记》(1897)、《给黑暗中的人们》(1901)等表明他反帝国主义和殖民主义立场的游记、政论、杂文。他晚年的重要著作是《自传》。

马克·吐温的创作在艺术上以幽默著称于世。在语言上,他吸收了美国各种方言和人民口头语言,用语生动而简练,被誉为英语语言大师。他的创作为美国文学开辟了新的方向,海明威曾说"全部美国文学起源于马克·吐温的一本叫做《哈克贝利·费恩历险记》的书"。

## 二、《哈克贝利·费恩历险记》

小说的故事发生在19世纪40年代前后。少年哈克被道格拉斯寡妇收养,哈克反感在她家过的"体面规矩"生活,对学校的死板教育也深感不满,一心向往自由的生活。突然有一天,酒鬼父亲回来把他带到偏远的树林过起了渔猎生活,哈克经常遭发酒疯的父亲毒打,于是逃跑了。他与逃亡黑奴吉姆结伴准备逃到不贩卖黑奴的自由州去。途中,他们结下了深厚的友谊并一同"历险"。最终吉姆的主人在临终前给了他自由人的身份。

## (一)《哈克贝利·费恩历险记》主要人物形象

吉姆是一个不堪忍受奴役和压迫、渴望自由、具有丰富的思想感情和优秀品质的黑人形象。这一形象的特征包括两方面:淳朴、善良、无私,忠于友谊,富有同情心(例如冒着被捕的危险照看受伤的哈克等);有细腻的感情(例如痛恨自己曾打过女儿耳光等)。作品由此说明黑人和白人是一样的,黑人并不比白人低贱。

哈克是一个正直善良、厌恶资本主义文明礼法、热爱自由、敢于斗争的少年形象。小说在塑造哈克的形象时,真实地表现了他克服种族偏见、帮助吉姆争取自由并同他结下深厚友谊的过程。

## (二)《哈克贝利·费恩历险记》的社会内容、主题思想及艺术特点

小说主要反映了当时的美国社会存在的种族压迫的问题,同时对密西西比河两岸的乡镇进行了多方面的描写(乡镇鄙陋,居民生活贫困、精神空虚、习俗野蛮,社会上"拜金主义"盛行、盗匪横行、江湖骗子到处流窜等),反映了当时真实的美国社会生活。小说的主题思想是反对种族歧视和压迫。

在艺术上,小说具有现实主义具体性和浪漫主义抒情性相结合的特点。在语言上常运用口语、俚语,叙述简练明快、流畅轻松,形成具有鲜明民族特色的语言风格。

# 第七章　20世纪欧美文学

## 第一节　概　述

20世纪是一个大动荡、大变化的世纪,世界上发生了许多重大事件,如两次帝国主义世界大战,俄国十月社会主义革命,一批社会主义和民族独立国家的出现,科学和生产力水平的飞速发展,国际共产主义运动的分裂,苏联的解体等。一再反复的大屠杀,强权政治,社会压迫,经济危机,风俗败坏,民族问题,环境恶化,生存空间缩小,新战争的威胁……这些全球性的社会问题不断向人们发出危机的信号,知识阶层和文学家们面对无法治愈的社会痼疾,普遍怀有幻灭感、失落感、危机感和苦闷失望的情绪,世界荒诞的感受日趋强烈。

在这种状况下,20世纪哲学和社会思想领域也异常活跃,各种哲学思潮对文学产生着直接或间接的影响。产生于19世纪的叔本华的唯意志论和悲观主义哲学,仍在发挥影响。而在新的哲学和其他学说中,影响最大的是尼采的"超人"哲学、柏格森的生命哲学和直觉论、弗洛伊德的精神分析学和萨特的存在主义哲学(参考"后现代主义文学"部分)。

20世纪欧美文学的最大特点是多元化格局的确立和流派纷呈的状况。现代主义和后现代主义文学的共同特征是反传统,在创作方法上形成了多个流派,为文学的发展提供了宝贵的经验。同时现实主义文学也在坚持自己的创作原则的同时,吸收现代主义的某些创作方法,表现出和19世纪现实主义不同的面貌。

20世纪欧美文学主要由三部分组成:现实主义文学、现代主义文学、后现代主义文学。

## 一、现实主义文学

### (一)西欧及美国的现实主义文学

20世纪的现实主义文学较之19世纪有了较大发展与变化,一些在19世纪后期已经取得很大成就的作家在20世纪继续前进,同时一批新的现实主义作家不断涌现并步入他们创作的辉煌时期。20世纪现实主义文学不同程度地受到现代主义文学的影响而呈现出一些新的特征:在作品的内容方面全面反映20世纪的现实,出现了新的主题;在创作方法上出现了一些新的因素,如作品情节趋于淡化,使用象征手法,更注重人物的心理描写,不像19世纪现实主义文学那样强调塑造典型环境中的典型人物等。其中有些作家偏重于使用传统的现实主义方法进行创作(如萧伯纳等),而有些作家则偏重于创新(如劳伦斯、尤金·奥尼尔等)。

1. 英国现实主义文学

萧伯纳(1856—1950)是跨世纪的英国继莎士比亚之后最重要的戏剧家(详见专节)。

高尔斯华绥(1867—1933)是1932年诺贝尔文学奖的得主。他的主要作品是两个长篇小说三部曲:《福尔赛世家》(《有产业的人》[1906]、《骑虎》[1920]、《出租》[1921]),《现代喜剧》(《白猿》[1924]、《银匙》[1926]、《天鹅之歌》[1928])。作品均以19世纪末20世纪初英国社会为背景,写福尔赛家族几代人的生活,反映了英国资产阶级的兴衰史,其中以《福尔赛世家》最有名。在艺术上,高尔斯华绥注重塑造典型形象,善于在真实的描绘中蕴涵冷嘲和讥讽,语言简练,富于形象性。

劳伦斯(1885—1930)被认为是独创性最突出的作家之一。他的作品在人物心理分析上有许多不同于传统现实主义之处。他善于分析人物潜意识中被压抑的欲望和冲动,通过两性关系的描写表现现代工业文明对正常人性的扭曲。此外,对性爱的强调以及对性爱中复杂心理的开掘也是他作品着力表现的方面。劳伦斯的主要作品有《儿子和情人》(1915)、《虹》(1915)、《恋爱中的女人》(1920)、《查特莱夫人的情人》(1928)等。

二次大战后的50年代,英国出现了被称为"愤怒的青年"的作家群,该名称来自作家约翰·奥斯本(1929—1994)上演于1956年的剧本《愤怒的回顾》。"愤怒的青年"代表作家作品还有艾米斯的《幸运儿吉姆》(1954)、韦恩的《每况愈下》(1954)、布莱恩的《向上爬》(1957)、爱伦·西利托的《星期六晚上和星期天早上》(1958)等。这一派作家作品的特点是在思想上具有先锋性,怒气冲冲地攻击阶级界限分明的社会状况、现存制度和传统观念,反叛精神强烈;在艺术手法上,仍继承和发扬了现实主义的创作方法。

除上述作家外,英国成就突出的现实主义作家还有约瑟夫·康拉德(1857—1924)、毛姆(1874—1965)、福斯特(1879—1970)、格雷厄姆·格林(1904—1991)、戈尔丁(1911—1994)、多丽丝·莱辛(1919—2013)等。

英国(爱尔兰)左翼文学最重要的代表作家主要有戏剧家旭恩·奥凯西(1880—1964),作品有戏剧《星儿变红了》(1926)、《给我红玫瑰》(1943)等5部;诗人威斯坦·休·奥登(1907—1973),青年时期的作品有《诗集》(1930)、《看吧,陌生人》(1936)等。

2. 法国现实主义文学

罗曼·罗兰(1860—1944)是20世纪法国最重要的现实主义作家之一。代表作长篇小说《约翰·克利斯朵夫》(1904—1912)写一个贝多芬型的具有资产阶级民主主义思想的音乐家的一生,同时描写了世纪之交德法两国资产阶级社会的腐败和文化界的堕落。罗曼·罗兰其他重要作品还有长篇小说《母与子》(1933)等。

安德烈·纪德(1869—1951)的代表作是《伪币制造者》(1925)。这部作品人物众多,情节复杂,在结构上有所创新。作品以主人公作家爱德华的一些日记和感想把事件和人物的某些侧面连缀起来,形成小说套小说的结构,故事没有开端和结局,直到小说结束,一切都在继续中。

马丁·杜·伽尔(1881—1958)的代表作是长篇小说《谛波父子》(1922—1940)。小说通过谛波家父子兄弟之间的矛盾以及他们和封塔南家兄妹的关系,描写了第一次世界大战前后法国资本主义社会的各个方面以及知识分子的心态。小说情节曲折,语言朴实自然,具有较强的艺术感染力。

弗·莫里亚克(1885—1970)作品的基本主题是从宗教的立场出发,描写人的罪恶和堕落,揭示资产阶级精神的空虚猥琐以及发生在资产阶级家庭内部的悲剧。他的主要作品有《爱的荒漠》(1925)、《和麻风病人的亲吻》(1922)、《黛蕾丝·德斯盖鲁》(1927)、《蝮蛇结》(1932)。

法国这一时期的左翼作家作品主要有亨利·巴比赛(1873—1985)的《火线》(1916)、《光明》(1919);阿拉贡(1897—1982)的《共产党人》(1949—1951)等。

### 3. 德语国家及欧洲其他地区的现实主义文学

亨利希·曼(1871—1950)和托马斯·曼(1876—1955)是德国20世纪现实主义文学的重要代表。亨利希·曼的主要作品有揭露德国军国主义和帝国主义的长篇讽刺小说《臣仆》(1914)和表面上描写的是历史题材、实则是针对德国法西斯现实的小说《亨利四世》(1935—1938)。托马斯·曼作品的基本主题是帝国主义阶段德国资本主义社会的衰败和没落,主要作品有长篇小说《布登勃洛克一家》(1901)和《魔山》(1924)。《布登勃洛克一家》通过卢卑克城两个家族经济和政治势力的此消彼长,表现了19世纪末20世纪初德国和欧洲的市民阶级普遍的精神危机。《魔山》以坐落在阿尔比斯山中的一座疗养院中发生的故事,用象征的手法表现了这一时期精神空虚、危机四伏的欧洲资本主义世界。托马斯·曼常根据情节发展使用不同的写法,因而其作品具有不同的情调氛围,他很讲究遣词造句,被认为是德国20世纪的语言大师。

赫尔曼·黑塞(1877—1962)的作品以反对军国主义和战争、善于描写人物内心活动而闻名,主要作品有中篇小说《在轮下》(1906)、《草原狼》(1927)等。

雷马克(1898—1970)是德国著名的反战作家。他的主要作品有《西线无战事》(1929)、《凯旋门》(1946)、《里斯本之夜》(1962)等。他的作品真实地描绘了战争的惨状、人类面对死亡和灾难的痛苦心态,以及在法西斯统治下德国青年一代的不幸遭遇,表达了强烈的反战、反法西斯、反军国主义的思想。雷马克的艺术风格是客观、冷静、简洁。他的作品对于当时的反战运动影响很大。

第二次世界大战后德国"废墟文学"的代表作家作品主要有

亨利希·伯尔（1917—1985）的《以一个女人为中心的群像》（1971），君特·格拉斯（1927）的"但泽三部曲"（《铁皮鼓》[1959]、《猫与鼠》[1961]、《狗年月》[1963]）。

德国无产阶级文学成就显著，主要代表作家有诗人贝希尔（1891—1953）、魏内特（1890—1953），小说家布雷德尔（1901—1964）、安娜·西格斯（1900—1983），戏剧家吴尔夫（1888—1953）、布莱希特等。其中以安娜·西格斯（代表作小说《第七个十字架》[1942]）和布莱希特（见专节）最为重要。

其他德语国家现实主义代表作家主要有奥地利的茨威格（1881—1942），代表作品有《一个陌生女人的来信》等短篇小说；瑞士的迪伦马特（1921—1990），主要作品有戏剧《老妇还乡》（1956）、《物理学家》（1962）等。

4. 美国的现实主义文学

20世纪初期，美国现实主义的主要作家有德莱塞、杰克·伦敦、辛克莱·路易斯。

德莱塞（1871—1945）是美国现实主义文学的重要代表作家，主要作品有长篇小说《嘉莉妹妹》（1900）、《珍妮姑娘》（1911）、"欲望三部曲"（《金融家》[1912]、《巨人》[1914]、《斯多葛》[发表于作家去世后的1947年]）、《美国的悲剧》（1925）。他的作品主要揭露美国资本主义快速发展过程中的社会罪恶以及"美国梦"的破灭。

杰克·伦敦（1876—1916）作品的特点是具有冷峻粗犷的风格，以及体现一种野性的力量。主要作品有小说《马丁·伊登》（1909）、《荒野的呼唤》（1903）等。

辛克莱·路易斯（1885—1951）是美国第一个诺贝尔文学奖（1930）得主。他的作品主要以乡村和小城镇中产阶级的生活为题材,揭示这一阶级生活中的矛盾,在一定程度上暴露了社会的黑暗。他的小说很少以情节取胜,特点是对细节进行详尽的描绘,采取夸张的手法达到讽刺效果。路易斯的主要作品有小说《大街》(1920)和《巴比特》(1922)等。

"迷惘的一代"文学出现在两次世界大战之间。主要作家有海明威(见专节)和菲茨杰拉德(1896—1940)等。这批作家大多听信政府的宣传参加过第一次世界大战,战争摧毁了他们原有的价值观,使他们对人生和前途感到迷惘。菲茨杰拉德的代表作《了不起的盖茨比》(1925)写出了那个年代美国被浮华与享乐掩盖着的下层人民的哀伤与绝望。

30年代也是美国左翼文学蓬勃发展的年代。多斯·帕索斯(1896—1970)的《美国》三部曲(《北纬四十二度》[1930]、《一九一九年》[1932]、《赚大钱》[1936])既写了资产阶级、知识分子,又写了工人阶级、共产党员,背景广阔,内容丰富。斯坦贝克(1902—1968)于1962年获得诺贝尔文学奖。他的长篇小说《愤怒的葡萄》(1939)描写俄克拉荷马州佃农乔德一家被迫离开长期干旱的家乡到西部谋生,以及他们的反抗斗争,被认为是30年代美国大萧条时期的一部史诗。

"垮掉的一代"文学出现在第二次世界大战后。这一时期美国在物质文明高速发展的同时,出现了人们(尤其是青年一代)精神空虚苦闷的社会现象。"垮掉的一代"大多以反叛社会的姿态挑战所谓体面的传统价值标准,主要作家作品有杰克·凯鲁亚克(1922—1969)的《在路上》(1957)、杰罗姆·大卫·塞林格(1919—2010)的《麦田里的守望者》(1951)等。

美国现实主义戏剧在20世纪有了长足发展。主要作家作品有奥尼尔(见专节),田纳西·威廉斯(1914—1983)的《推销员之死》（1949）、阿瑟·米勒（1915—2005）的《欲望号街车》（1947）等。

索尔·贝娄（1915—2005）是20世纪中晚期美国著名小说家，于1976年获得诺贝尔文学奖。他的作品在内容上以描写知识分子的生活和思想见长，在艺术上既遵循现实主义的创作原则，又吸收了一些现代主义的创作技巧。主要作品有长篇小说《雨王汉德森》（1959）、《赫索格》（1964）、《洪堡的礼物》（1975）等。

## （二）俄苏现实主义文学

20世纪俄苏现实主义文学经历了一个复杂的发展过程。十月革命初期和20年代苏联文坛相当活跃，派别林立，文学团体众多。这一时期的著名作品有三部长篇小说：富尔曼诺夫（1891—1926）的《恰巴耶夫》（1923）、绥拉菲莫维奇（1863—1949）的《铁流》（1924）、法捷耶夫（1901—1956）的《毁灭》（1927）；三位诗人及其作品：勃洛克（1880—1921）的《第十二个》（1918），抒情诗人叶赛宁（1895—1925）的诗集《俄罗斯与革命》（1925）、《苏维埃俄罗斯》（1925）、《安娜·斯涅金娜》（1925），马雅可夫斯基（1892—1930）的《列宁》（1924）、《好》（1927），以及无产阶级文学的代表、苏联文学的奠基人高尔基的创作（详见专节）。

1934年召开的第一次全苏作家代表大会，规定将"社会主义现实主义"作为苏联文学创作和文学批评的基本方法，从而使文坛形成了大一统的局面。社会主义现实主义的核心内容是"要求艺术家从现实的革命发展中真实地历史具体地去描写现实；同时，艺术描写的真实性和历史具体性必须与用社会主义思想改造和教育劳动人民的任务结合起来"。

30年代一批卷帙浩繁的史诗性作品的出现标志着苏联文学

的成熟,如高尔基的《克里姆·萨姆金的一生》(1925—1936),肖洛霍夫的《静静的顿河》(1926),阿·托尔斯泰的《彼得大帝》(1929—1934)、《苦难的历程》(1921—1941)等。这一时期的著名作品还有尼·奥斯特洛夫斯基的长篇小说《钢铁是怎样炼成的》(1934)。30年代后期,由于肃反扩大化,一批有才华的作家消失于文坛,一批优秀作品无法面世。

卫国战争时期的优秀作品有特瓦尔多夫斯基的长诗《华西里·焦尔金》(1941—1945)、西蒙诺夫的长篇小说《日日夜夜》(1944)、法捷耶夫的长篇小说《青年近卫军》(1945)。

战后初期,苏共中央又发表决议对文艺进行不适当的干涉(1946—1948年苏共中央对文艺问题作了四个决议,即《关于〈星〉和〈列宁格勒〉两杂志》《关于剧场上演节目及其改进办法》《关于影片〈灿烂的生活〉》《关于穆拉杰里的歌剧〈伟大的友谊〉》),两位有才华的作家——讽刺诗人左琴科和女诗人阿赫玛托娃遭到了错误批判。此后的苏联文坛上,粉饰现实、公式化、概念化的作品和政治鉴定式的文学批评有增无减,影响了苏联文学的健康发展。

1953年斯大林去世后,苏联的政治以及党对文艺的方针政策发生了重大变化。文艺政策和创作的基本趋势是提倡人道主义,反对粉饰现实,不断深入揭露生活中的矛盾和冲突。主要作家作品有爱伦堡的《解冻》(1954,这部作品被认为是文学新时期开始的重要标志)、杜金采夫的《不是单靠面包》(1956)、索尔仁尼琴的《伊凡·杰尼索维奇的一天》(1962)、特瓦尔多夫斯基的长诗《焦尔金游地府》(1963)、叶甫图申科的诗歌《斯大林的继承者们》。帕斯捷尔纳克的《日瓦戈医生》(1957年以意大利语出版)获1958年的诺贝尔文学奖,小说通过几个知识分子在长达几十年的动荡革命年代的遭遇,表现了历史中个人命运的主题,是一部大革命时代知识分子的精神史。

这一时期,卫国战争题材的作品和道德题材的作品占有重要地位。卫国战争题材的作品主要有肖洛霍夫的短篇小说《一个人的遭遇》(1956)、邦达列夫的长篇小说《热的血》(1969)、西蒙诺夫的《最后一个夏天》(1970—1971)、恰科夫斯基的《围困》(1968—1975)等。道德题材的作品主要有特里丰诺夫的《滨河街公寓》(1976)、艾赫玛托夫的《白轮船》(1970)和《一日长于百年》(1980)、阿斯塔菲耶夫的《鱼王》(1976)。

80年代至1991年苏联解体,苏联国内出现了"回归文学"的浪潮。"回归文学"相对于"主流文学"(主要是现实主义文学)而言,主要指由于意识形态原因在国内被禁或出版于国外,以及流亡国外作家的作品(这些作品有的属于现实主义,有的属于现代主义)。主要有扎米亚京的《我们》(1924年以英语出版,1989年在苏联出版),普拉东诺夫的《地槽》(1987)、《切文古尔》(1988),雷巴科夫的《阿尔巴特街的儿女们》(1987),索尔仁尼琴的《古拉格群岛》(1996)等。

(高尔基、肖洛霍夫详见专节。)

## 二、现代主义文学

现代主义文学是20世纪文学的重要组成部分。它勃兴于第一次世界大战后并一直延续到第二次世界大战结束,但源头可上溯到19世纪下半叶的唯美主义和象征主义。奥地利的卡夫卡、爱尔兰的乔伊斯、法国的普鲁斯特被公认为现代主义小说的奠基人。

现代主义文学有着和传统文学完全不同的特征。在作品的内容方面,现代主义文学着力表现人与人、人与社会、人与自然、人与物的对立关系以及现代人对自我的探索与思考。在表现方法方面,现代主义文学以表现法代替再现法,较多使用象征、隐喻和颠倒时空顺序的自由联想;注重表现瞬间的、复杂多变的情绪和印象,挖掘深层的意识活动甚至潜意识领域;往往采用怪诞、奇特、反理性、反逻辑的描写手法。现代主义文学包括诸多流派,主要有后期象征主义、未来主义、超现实主义、表现主义、意识流小说、存在主义文学等。

## (一)后期象征主义

象征主义是现代主义文学中出现最早、影响最深远的流派之一。它最初出现在19世纪中后期的法国,是以革新诗歌创作理念与实践为主要内容的一种文学思潮,后波及欧美各国。文学史上称之为前期象征主义。20世纪20年代,象征主义重又隆盛起来,并一直流行到40年代,文学史上称之为后期象征主义。后期象征主义在创作思想和方法上与前期象征主义一脉相承,但也有一些发展。有些诗人突破个人狭窄的生活圈子和个人感情的限制,视野变得开阔,甚至出现了重大的主题,因而富有时代感。在创作上更加强调诗歌的复杂性、暗示性、神秘性和音乐性,强调通过象征实现灵魂与灵魂的对话,实现已知世界与未知世界的对话,更多地汇入了唯美主义、神秘主义、意象主义、超现实主义等多种现代主义风格。后期象征主义以爱尔兰的叶芝(1865—1939)、法国的瓦雷里(1871—1945)、奥地利的里尔克(1875—1926)和英国的艾略特(1888—1965)为主要代表。在大量的象征主义诗歌中,瓦雷里的《海滨墓园》(1920)和艾略特的《荒原》(1922)最为著名,是后期象征主义的经典之作。

《海滨墓园》描写诗人站在海滨墓园旁的冥思和遐想。该诗意境高深,诗律严整,被认为是法国20世纪的伟大诗篇。瓦雷里的重要诗作还有《幻美集》(1922)。

《荒原》借用寻找圣杯的传说,象征性地指出第一次世界大战后混乱、腐败的欧洲社会如同荒原,生活在其中的人们虽生犹死,只有遵从上帝的旨意,才能脱离苦海、获得新生。作品涉及7种外文、三十余部古典文艺作品,以小型史诗的规模融众多的神话、典故、隐喻、意象为一体,并充满颠倒时空顺序和反思维逻辑的自由联想。艾略特的主要作品还有《阿尔费瑞德·普鲁费洛克的情歌》(1917)、《空心人》(1925)、《圣灰星期三》(1930)、《四个四重奏》(1935—1941)等。

此外,比利时剧作家梅特林克(1862—1949)的剧作《青鸟》(1908)也非常有名,在象征主义文学中占有重要地位。

## (二)未来主义

未来主义兴起于20世纪初期的意大利,后传入欧洲许多国家。其代表人物是意大利诗人马里内蒂(1876—1944)、帕拉泽斯基(1885—1974)和法国诗人阿波利奈尔(1880—1918)等。未来主义者以否定一切文化遗产和传统、追求文艺内容和形式的"革新"为宗旨,主张作家应歌颂和赞美现代社会的主要特征——大都市光怪陆离的生活、速度的美、力量和竞争,甚至认为战争、暴力、恐怖能摧毁旧的一切,所以也应加以歌颂。在艺术形式上,他们强调直觉,排斥理性和逻辑。有的未来主义者甚至要求取消语言规范,取消形容词、副词和标点符号,以字形的变化、图案的拼贴和组合、数学符号、乐谱等来表现作者的内心感受和不可理解的事物。俄国诗人马雅可夫斯基(1893—1930)在创作前期也是个未来主义者,写了有名的未来主义长诗《穿裤子的云》(1914—1915)。

## (三)超现实主义

超现实主义产生在第一次世界大战后的法国,涉及文学、绘画、音乐等领域,影响波及欧美各国。超现实主义敌视一切道德传统,认为任何清醒理智的思维活动都会被资本主义文明所毒化。他们提出作家要听从潜意识的召唤,要写梦境、事物的巧合、精神的自然状态,并提出适应这种要求的写作方法——一种不受理性、美学、道德准则制约的完全无意识的自动写作法。由于这一派作家极随意地采用比喻和象征而无视内容的逻辑关系,往往使作品难以理解。超现实主义的代表人物有法国的安德烈·布勒东(1896—1966)、保尔·艾昌雅(1895—1952)、路易·阿拉贡(1897—1982)等。

## (四)表现主义

表现主义是20世纪初产生于德国,后来影响到欧美其他国家的一场文学艺术运动,涉及绘画、音乐、文学等领域。文学中的表现主义反对按生活的本来面目描写生活的现实主义原则,强调感受的真实才是真正的真实。表现主义文学的主要特征有:不满足于对客观事物的摹写,要求进而表现事物的内在实质;要求揭示人的灵魂,表现永恒的品质,人物往往是某种共性品质的抽象象征,有时甚至无具体姓名;强调主观想象,强调对世界的虚拟与变形的夸张和抽象,作品的情节常常荒诞离奇。[①] 由于强调描写永恒的品质,表现主义诗歌一般不注意客观存在的真实性,而着意去宣扬

---

① 参见《中国大百科全书·外国文学》第1卷,中国大百科全书出版社1982年版,第144页。

所谓普遍的人性。在表现主义文学中,戏剧的成就最为突出。瑞典剧作家斯特林堡(1849—1912)被认为是表现主义戏剧的先驱。他的《鬼魂奏鸣曲》(1907)是表现主义戏剧的代表作之一。剧情围绕到了老年的资产阶级恶棍和杀人犯亨梅尔展开,表现了资本主义社会残酷和邪恶到极点的人际关系。戏剧的情节极为荒诞,鬼与人同时出现在舞台上,梦幻与现实之间没有明确的界限;但在荒诞的情节中却蕴藏着严肃的社会意义。除斯特林堡外,著名的表现主义剧作家还有德国的凯泽(1878—1945),代表剧作是《从清晨到午夜》;托勒尔(1893—1939),著名剧作有《群众与人》《机器破坏者》等;捷克的剧作家和小说家恰佩克(1890—1938),代表剧作是《万能机器人》(1920)。美国著名戏剧家尤金·奥尼尔的某些剧作也被认为是表现主义戏剧的重要作品,如《毛猿》(1921)、《琼斯皇帝》(1920)等。

在小说方面,卡夫卡是表现主义的代表之一(详见专节)。

## (五)意识流小说

意识流小说产生于20世纪初,二三十年代成就辉煌,对世界文学产生了很大影响。美国心理学家威廉·詹姆斯认为,人的意识活动并不是零散的片断,而是一种如河水一般的"流",是"意识流""主观生活之流"。传统心理只重视意识活动的理性方面,詹姆斯提醒人们注意人的非理性、无逻辑的意识。此外,他还认为人过去的意识会浮现出来与现在的意识一起,形成一种现实性的时间感。

亨利·柏格森认为,感性的直觉是人们认识世界、把握真理的唯一方式。他还提出了"心理时间"的概念,认为"心理时间"不同于钟表刻度上的"自然时间"(又称为"物理时间""空间时间")。

后者是指按时序自然延伸的时间,而前者则是指在不同时刻互相渗透和作用的时间,是表示强度和质量的概念。

　　弗洛伊德的精神分析学说的核心和支柱是无意识和性本能的理论。他在前人学说的基础上将人的心理结构划分为三个层次:意识、前意识、无意识(又称为潜意识)。这三者的构成如同海上的冰山:意识是可以用语言表述的露出水面的部分;水下的广大部分是前意识和无意识;前意识是可以通过某种诱导较容易进入意识的部分;无意识则处于心理结构的最底层,深埋着人的原始本能、欲望和冲动,特别是性本能。无意识是理性的意识难以解读的,但又对构成人的行为至关重要,"是精神的真正实际"。无意识受到意识的控制很难实现,但它并非安分守己,而是想方设法,乔装打扮闯入意识世界。无意识最重要的表现形式是梦。在梦中,人受到压制的欲望和本能通过变形和象征的方式表现出来,通过释梦可以寻找到人的行为的最深层理由和动机。弗洛伊德性本能理论的主要内容是认为性的本能冲动是支配人的精神活动和行为的原动力。他把人的人格构成分为三个层次:伊德(本我)、自我、超我。"本我"代表各种原始本能,包括性本能,按"享乐原则"活动;自我代表现实化了的本我,按"现实原则"活动;"超我"代表道德化了的自我,包括自我理想和社会良知等,按"至善原则"活动,以指导"自我"限制"本我"的活动。要研究人的本质就要研究本我,特别是本我的原动力"力比多"(原欲、性力)。

　　上述理论对意识流小说的产生起到了极大的推动作用。在这些理论的影响下,小说家们在自己的作品中努力表现人物如"河"一样流动的意识,深入探索人物的精神世界,特别是前意识和无意识领域,不少作品突破了19世纪小说的内容界限而深入挖掘和展现人物的性意识。典型的意识流小说运用"心理时间"的理论,形成一种"自然时间"和"心理时间"来回跳跃、互相交织的小说样式。

意识流小说表现出一些共同特征:第一,意识流小说描绘的重心不在于客观事物,而是在于人物对客观事物的纯粹个人角度的反应。在主体和客体的关系中,主体处于主导地位。第二,在意识流小说中,人物的行动或意识不是由作家来说明或解释,而是通过人物本身的感受或内省来自我表现。在人物和作家的关系中,人物处于突出的地位,作家隐退到幕后,不采取直接介入的态度。第三,意识流小说的焦点是人物的意识,读者摆脱了作者的干扰而直接面对着书中人物的意识屏幕,而在这屏幕上映现出来的意识流动是多层次的,即使是最隐秘的深层意识,也纤毫毕露地呈现于读者眼前。[①] 意识流小说最常用的手法是内心独白和自由联想。

欧美最有成就的意识流小说家有法国的普鲁斯特(1871—1922),代表作是《追忆似水年华》(1906—1922年创作,1913—1927年出版);爱尔兰的詹姆斯·乔伊斯(详见专节);英国的弗吉尼亚·伍尔芙(1882—1941),主要作品有《达洛卫夫人》(1925)、《到灯塔去》(1927)、《海浪》(1931);美国的福克纳(1897—1962),主要作品有《喧哗与骚动》(1929)、《我弥留之际》(1930)、《押沙龙、押沙龙!》(1936)等。

## (六)存在主义文学

存在主义是20世纪30年代末在法国兴起的文学思潮,40年代得到很大发展,第二次世界大战后影响扩大至全世界。存在主义文学与存在主义哲学关系密切,存在主义文学以存在主义哲学

---

[①] 瞿世镜选编:《意识流小说理论》,四川文艺出版社1989年版,第214页。

为思想核心,存在主义哲学以存在主义文学为主要表现形式。存在主义哲学发展史上著名的代表人物主要有丹麦哲学家克尔凯郭尔,德国哲学家雅斯贝尔斯、海德格尔、胡塞尔,法国哲学家马塞尔。存在主义理论的集大成者是无神论存在主义者法国哲学家萨特。萨特的存在主义有以下几个基本观点:第一,"存在先于本质",人存在于世界上,然后才能给自己定性。首先是自我存在,而后才变成造就成的他自身。也就是说,人自身的存在由人决定。第二,"自由选择",即人在决定自己的行动时是绝对自由的。第三,"世界是荒谬的,人生是痛苦的"。但萨特并没有陷入悲观主义而不能自拔。他的"自由选择"原则又鼓励人们去"行动",为自己创造自由。

存在主义文学的特点是带有明显的哲理性,作品善于设置特定的"处境",使人物在这个处境中选择自己的行动,造就自己的本质。这在戏剧中表现得最为突出。存在主义作家不讲求作品情节的引人入胜、曲折复杂,只求对人物的精神状态和内心世界有充分的表现。他们的作品往往哲理性突出而形象性欠缺,叙述口吻也较冷漠,语言不重铺饰,语句一般较短,以明了为上。

存在主义最有成就的作家是萨特、加缪和西蒙娜·德·波伏娃。

加缪(1913—1960)最主要的作品是中篇小说《局外人》(1942)和长篇小说《鼠疫》(1947)。《局外人》描写主人公默尔索对自己人生所有重大问题都以"无所谓"态度处之的人生轨迹,这些重大问题包括母亲去世、恋爱结婚、开枪杀人、被判死刑等,是一部鲜明体现存在主义"世界荒谬"哲学思想的小说。《鼠疫》描写一个城市在爆发鼠疫、人们大量死亡之时,各色人等的不同思想和行为,突出了积极投入抗疫斗争的里厄医生的形象,是一部表现存在主义"自由选择"思想的作品,同时说明正确的人生选择可以造就英雄。此外,哲学随笔《西西弗斯的神话》(1942)是加缪重要的哲学著作,萨特认为它是理解加缪作品的一把钥匙。

西蒙娜·德·波伏娃(1908—1986)的主要作品有《女宾》(1943)、《人无不死》(1946)、《大人先生们》(1954)等小说。她的女权主义论著《第二性》(1949)提出"女人不是天生的,而是造就的"著名论断,被称为是西方妇女解放的"圣经",影响甚至超出她的文学作品。

(萨特详见专节。)

## 三、后现代主义文学

后现代主义是20世纪50年代以后在欧美各国出现的各种文化潮流的总称,涉及哲学、宗教、文学艺术、美学、语言学等上层建筑的各个领域。后现代主义一方面是对现代主义的延伸,具有荒诞、垮掉、颓废的意思;另一方面又是对现代主义的超越,具有前卫、先锋、最新和现代化的意思。后现代主义的主要文学流派有荒诞派戏剧、新小说、黑色幽默和拉美魔幻主义等。

### (一)荒诞派戏剧

荒诞派戏剧最早出现在50年代初的法国巴黎剧坛,后风靡欧美各国。荒诞派戏剧的基本主题是表现人生无意义、无价值、无作用、悖理而荒谬。这种主题往往直观地、怪诞夸张地通过舞台上人与人、人与外界、人与自我的关系表现出来。这类戏剧往往没有具体的故事情节、完整的戏剧结构和合理的戏剧冲突,也没有合乎逻辑的连贯的语言和明显的时空观念,人物大都行为怪异、滑稽可笑,代表着某种抽象的普遍性的品格。但是喜剧性效果并不是作家追求的目的。荒诞派戏剧往往是在表面喜剧性的背后,隐藏着带有痛苦滋味的人生问题,尤奈斯库曾把自己的戏剧称为"悲剧性的闹剧"。荒诞派戏剧的重要作家有爱尔兰的贝克特;法国的尤奈斯库;此外还有法国的阿达莫夫(1908—1970),主要作品有《侵犯》(1950)、《弹子球机器》(1957)等;英国的品特(1930—2008),主要作品有《生日晚会》(1958)、《升降机》(1960);美国的阿尔比(1928—    ),主要作品有《动物园的故事》(1958)、《美国梦》(1961)等。

尤金·尤奈斯库(1912—1994)是荒诞派戏剧的创始人和重要代表作家。他在作品中竭力表现人生的痛苦、荒谬以及对失去的自我的寻找,并以标新立异的手段表现主题。尤奈斯库的主要作品有《秃头歌女》(1949)、《椅子》(1950)、《阿麦迪或脱身术》(1953)、《新房客》(1957)、《犀牛》(1959)、《渴与饥》(1966)、《屠杀游戏机》(1969)等。《椅子》是尤奈斯库的代表作。剧本描写某孤岛上一对行将就木的老夫妇突发奇想,要向人们宣讲他们找到的人生秘密。他们雇用演说家向包括皇帝在内的各色人等(没有人,只有一堆椅子)进行宣讲。老人把宣讲的任务委托给演说家后,便双双跳海自杀。然而老夫妇请来的演说家却是个哑巴。这出剧充分表现了人生的荒诞:物(椅子)对人的压迫,人生秘密并不存在,跳海"壮举"滑稽可笑。

(贝克特详见专节。)

## (二)新小说

新小说50年代兴起于法国,开始时不被重视,后逐渐流行开来。重要作家有罗伯-格里耶(1922—    )、娜塔丽·萨洛特(1902—1999)、克洛德·西蒙(1913—2005)和米歇尔·布托尔

（1926— ）等。新小说派作家反对以巴尔扎克为代表的现实主义小说家的写作方法，认为那种方法已经过时，不适于表达20世纪人们极其复杂的思想感情和生活环境，因此必须和这种传统决裂，创造"新小说"。传统小说细致地刻画人物性格，通过人物命运表达作者的思想感情，通过一定的社会政治观点和道德观念反映出某种意义，这一切都是新小说所反对的。在新小说家看来，文学作品事先预期定下某种意义是不对的。新小说派的领袖罗伯-格里耶说："世界既不是有意义的，也不是荒谬的，它存在着，如此而已。"①作家不能凭个人主观感情赋予衣食住行以意义。小说的使命仅在于写出"一个更实在的、更直观的世界"。新小说家还反对传统小说以人物为中心的写法，认为那就把客观事物变成了人的附庸，忽视了物的作用，影响了对客观世界的正确认识，强调现代人处于物质的包围之中，因此必须以写物为主。新小说家不可能不写人，但把人看成物，人是物化了的人。他们还反对传统小说精心构思的情节结构，认为那都是臆造的东西。他们主张非情节化，也不必受空间和时间的限制。但实际上有的新小说家还是注意结构的，作品表面上内容零碎，但各部分仍相互关联、呼应，形成一个统一的整体。

新小说家们在各自的创作中各有侧重，彼此很不相同。有的侧重于写物，描绘外部世界，有的着意于日常琐细事物的描写，并力图在其中找到内心的奥秘，也有的作家则直接描写内心深处的心理活动，特别是混乱的意识。布托尔在小说结构上（如"迷宫式结构"）很下功夫；而克洛德·西蒙则把绘画艺术运用到小说创作

---

① 罗伯-格里耶：《未来小说的道路》，见伍蠡甫主编《现代西方文论选》，上海译文出版社1983年版，第313页。

之中,这使他的小说很像一幅用文字画成的巨幅油画。新小说派主要作家作品有:罗伯-格里耶的《橡皮》(1953)、《窥视者》(1955)、《嫉妒》(1957)、《在迷宫里》(1959);萨洛特的《一个陌生人的肖像》(1947)、《马尔特罗》(1953)、《天象仪》(1959)、《金果》(1963)、《生死之间》(1968);布托尔的《米兰巷》(1954)、《时间表》(1956)、《变》(1957);克洛德·西蒙的《风》(1957)、《草》(1958)、《弗兰德公路》(1960)、《豪华旅馆》(1962)等。

进入80年代后,新小说似乎快要销声匿迹了。因为克洛德·西蒙获得1985年的诺贝尔文学奖,新小说又开始热了起来,西蒙的地位也迅速提高。

(罗伯-格里耶详见专节。)

## (三) 黑色幽默

黑色幽默是20世纪60年代诞生于美国文坛的一个文学流派。幽默是美国文学的传统,但黑色幽默与传统幽默却迥然有别。它不再描写那些活泼、风趣的内容,而是以一种无奈的嘲讽和绝望的微笑来表现人生的荒谬、痛苦和残酷,因此被有的评论家称为"绞刑架下的幽默"或"大难临头时的幽默"。作家在作品中强调的是人在绝境中通过幽默而保持精神上的镇定。正如肯·凯西在小说中所说的:"……必须用笑来对待伤害了你的事情,这正是为了使你保持平衡,正是为了使你不致发疯。"黑色幽默的主要作家作品有海勒(1923— )的《第二十二条军规》(1962),库尔特·冯尼格特(1922—2007)的《第五号屠场》(1969)、《猫的摇篮》(1963),约翰·巴思(1930— )的《烟草经纪人》(1960),托马斯·品钦(1937— )的《万有引力之虹》(1973)以及唐纳德·巴塞尔姆(1931—1989)等人的作品。

(海勒详见专节。)

### (四)拉美魔幻现实主义

拉美魔幻现实主义是20世纪拉丁美洲最重要的文学流派,形成于50年代,六七十年代达到高峰,至今在世界文坛上仍然有广泛的影响,在整个20世纪欧美文学中占有重要地位。魔幻现实主义文学的主要特点是把现实魔幻化或把魔幻现实化,魔幻和现实融为一体。魔幻现实主义"作家的根本目的是借助魔幻表现现实,而不是把现实当作魔幻来表现",是"变现实为魔幻而不失其真实"。拉美魔幻现实主义的主要作家作品有:哥伦比亚作家加西亚·马尔克斯(1928— )的长篇小说《百年孤独》(1967);墨西哥作家卡洛斯·富恩特斯(1928— )的长篇小说《最明净的地区》(1958)、《阿尔特米奥·克鲁斯之死》(1962)等;古巴作家卡彭铁尔(1904—1980)的长篇小说《人间王国》(1949)、《消失了的足迹》(1953)、《光明世纪》(又译《启蒙世纪》,1962)、《方法的根源》(1974)等;危地马拉作家阿斯图里亚斯(1899—1974)的短篇小说集《危地马拉传说》(1930),长篇小说《总统先生》(1946)、《玉米人》(1949)等;墨西哥作家胡安·鲁尔福(1918—1986)的中篇小说《佩德罗·巴拉莫》(1955)等;以及秘鲁作家何塞·玛利亚·阿尔格达斯(1911—1969)的创作。

(马尔克斯详见专节。)

# 第二节　萧伯纳

## 一、生平与创作简介

萧伯纳(又译乔治·伯纳·萧,1856—1950),英国19世纪末

20世纪上半叶著名戏剧家,英国现代戏剧的奠基人。萧伯纳生于爱尔兰的都柏林,父亲先是做法院的小公务员,后经商失败,几乎无以养家。母亲有很好的音乐修养,1872年到伦敦以唱歌和教授音乐为生。萧伯纳14岁失学,在都柏林做了5年房地产公司职员,1876年到伦敦与母亲团聚。这一时期生活虽然清贫,但他博览群书,刻苦学习和写作。与此同时,萧伯纳开始对社会主义思想发生兴趣,研读了马克思的《资本论》,还到贫民窟、公园、街头等地讲演,宣传社会主义思想。1884年,萧伯纳加入费边社(费边,古罗马大将,善于以绥靖战略求得与敌人的妥协。费边社是一个知识分子的政治团体,主张用渐进的社会改良方法从资本主义过渡到社会主义),并成为该社重要成员。费边社的主张对他日后的创作产生了深刻影响。1885年起,萧伯纳先后在多家报刊上发表文学艺术评论,涉及音乐、美术、戏剧等领域。作为艺术评论家的萧伯纳旗帜鲜明地反对"为艺术而艺术",主张现实主义。在这些评论中,以高度评价易卜生社会问题剧的著作《易卜生主义的精华》最为著名。萧伯纳一生共创作了51个剧本,1925年获得诺贝尔文学奖。

萧伯纳写于19世纪末的作品主要有:戏剧作品集《不愉快的戏剧集》,包括《鳏夫的房产》(1885—1892)、《华伦夫人的职业》(1894)等3部;《愉快的戏剧集》,包括《武器和武士》(1894)、《康蒂坦》(1895)等4部;《为清教徒写的三个戏剧》,包括《魔鬼的门徒》(1897)、《凯撒和克莉奥佩特拉》(1898)等3部。这些作品的发表和上演使萧伯纳在19世纪末已成为英国著名戏剧家。在上述作品中,最有名、社会批判性最强的是《鳏夫的房产》和《华伦夫人的职业》,两部作品都揭露了资产阶级财产来路不洁的问题。

萧伯纳写于20世纪的作品主要有:《人与超人》(1903)、《英国佬的另一个岛》(1904)、《巴巴拉少校》(1905)、《皮格马利翁》(1913)、《伤心之家》(1913—1919)、《回到马休斯时代》(1912)、《圣女贞德》(1923)、《苹果车》(1929)、《意外岛上的傻子》(1936)、《波扬家的亿万财富》(1948)等。

三幕剧《伤心之家》是萧伯纳的一部重要作品。剧本通过英国中产阶级一家复杂的感情纠葛表现他们空虚无聊的生活和这个阶级所面临的精神危机。此剧的创作始于第一次世界大战前夕的1913年。剧本揭露了处在这样一个山雨欲来时代的有文化的英国中产阶级却对这种状况完全没有认识,他们对国家的前途漠不关心,毫无社会责任感,终日陷入无聊的情感纠葛,生活完全失去了意义。

《圣女贞德》是萧伯纳最重要的一部历史剧。这部作品的上演最终为萧伯纳赢得了1925年度的诺贝尔文学奖。作品以15世纪上半叶英法战争中法国女英雄贞德的事迹为素材进行创作,并赋予这个人物以新的意义。这部历史剧有着复杂而丰富的内涵,剧中涉及了如宗教、政治、妇女问题等诸多问题。

《苹果车》是萧伯纳后期的一部"政治狂想剧",剧名来自英国俗语"弄翻苹果车",意为"搅乱如意算盘"。主要情节是英国首相和英国国王权力之争。萧伯纳在这部作品中接触到英国政治的实质,指出国王和首相不管谁占上风,都是统治集团内部和各党派之间争权夺利的斗争。

萧伯纳是英国自莎士比亚以来最重要的戏剧家,为英国戏剧的复兴和现代戏剧的发展做出了卓越贡献。他坚持用渐进的改良方法实现社会主义的思想,作品题材广泛,内容涉及政治、军事、宗教、婚姻家庭、伦理道德、妇女解放等许多方面,取材既有历史又有现实。尤其是那些深入揭露批判资本主义社会弊端,揭露批判帝国主义和殖民主义的侵略政策,启发读者和观众进行思考的作品,至今仍不失其认识价值。

## 二、《巴巴拉少校》

《巴巴拉少校》是萧伯纳的代表作之一。作品以宗教慈善机构救世军和军火制造业为题材,主要矛盾冲突在巴巴拉和她的父亲安德谢夫之间展开。巴巴拉认为宗教能拯救人的灵魂,是社会安定的基础,她做了基督教救世军的少校,终日为救助穷人的慈善事业奔忙,未婚夫柯森斯与她志同道合。巴巴拉的父亲安德谢夫是个大军火商,他认为要消除贫困这一社会弊端,就要靠更多的金钱,不管这钱是多么肮脏。巴巴拉开始时企图用宗教拯救父亲,劝其放弃制造杀人武器的军火事业,但后来却发现自己热衷的救世军竟是像她父亲这样的资本家出资捐助的,在救世军的收容所里,人民过着穷苦的生活,而安德谢夫的军火工厂模范村却建在美丽的小山上,工人们吃得好,穿得好。巴巴拉最终放弃了原来的理想,和未婚夫一起加入了安德谢夫的事业。

### (一)《巴巴拉少校》的主题思想

《巴巴拉少校》的主题是如何消除贫困。在这一问题上,表现了萧伯纳思想的矛盾性。在揭露资本家财富的血腥肮脏及金钱统治一切的资本主义社会本质方面,萧伯纳是十分尖锐深刻的。资本家安德谢夫是个白手起家的铁腕人物,这个来自伦敦东区的穷小子一路发家靠的是"把理智、道德、别人的性命都忘得干干净净"和"宁教你饿死,不教我饿死"的信条。安德谢夫在生意场上,"决不要脸",谁出价高,就把军火卖给谁,不管党派、主义、正义与邪恶。作品尖锐地指出,这样的人是国家的真正统治者。虽然作家对资本主义国家金钱统治一切的现象揭露得十分深刻,但在探讨如何解决贫困问题方面态度却十分模糊。剧本的主要矛盾冲突是金钱救世还是宗教救世,代表宗教救世思想的是巴巴拉和柯森斯,面对资本家强大的金钱力量,他们的弱点显而易见,败下阵来是必然的。

## (二)《巴巴拉少校》的艺术特点

《巴巴拉少校》在艺术上表现了萧伯纳戏剧的主要特点。萧伯纳戏剧理论的要点之一是强调冲突的重要性,他认为:"没有冲突就没有戏剧";而构成冲突靠的是"未确定的思想观点的互相冲突",而不是那种不涉及问题的肤浅的表面因素。《巴巴拉少校》正是这样,代表不同观点的双方构成了矛盾冲突,宗教救世还是金钱救世的论辩经过了几个回合,前者后者都分别占过上风。最终,虽然金钱救世在剧中获得胜利,但观众并不能心服口服,这种冲突还将长久地存在,引起读者和观众的深思。这即是作者所说的"未确定的思想观点的互相冲突"。同样,安德谢夫和巴巴拉也很难简单地用正面人物、反面人物来区分。

戏剧语言是表达戏剧冲突的重要一环。萧伯纳认为,冲突既表现在人物的动作上,也表现在人物的语言上,两者相比,后者更重要。因而他的戏剧始终强调对话和讨论的重要性。在《巴巴拉少校》中,我们可以看到台词准确精妙、一针见血、极具讽刺力量的特点。善于制造颠倒场面是《巴巴拉少校》,也是萧伯纳戏剧的特点。所谓"颠倒场面"是指开始合理与不合理的双方在剧终时颠倒位置,合理的成为不合理,不合理的成为合理。如在《巴巴拉少校》中,巴巴拉的宗教救世主张一开始是显得合理、高尚的;相反,她父亲安德谢夫靠军火工业发财,鼓吹金钱救世是显得卑劣的,在论辩中处在不利的位置。但巴巴拉后来发现真相后,最终也参加了父亲的事业。类似的例子还有《鳏夫的房产》《华伦夫人的职业》等。颠倒场面能使观众震惊并对某一问题加以重新思考,从而产生思想的冲击力。

## 第三节　高尔基

### 一、生平与创作简介

#### (一) 早期生活和创作

高尔基(1868—1936)是伟大的无产阶级作家、苏联文学的创始人。原名阿列克塞·马克西莫维奇·彼什科夫,于1868年出生在俄国伏尔加河畔的下诺夫戈德城。他的童年和青少年时代是在社会底层度过的,只上了两年小学,靠顽强自学具备了写作能力。19世纪80年代末90年代初,高尔基两次漫游俄罗斯,深入了解了人民的疾苦,同时积累了许多宝贵的创作素材。1892年,他以马克西姆·高尔基(意思是"最大的痛苦")为笔名发表了处女作《马卡尔·楚德拉》,从此开始了文学创作生涯。

高尔基早期的作品主要是短篇小说,包括浪漫主义和现实主义两种风格。浪漫主义风格的作品主要有《伊则吉尔老婆子》(1895)、《鹰之歌》(1895)。在这些作品中,作家谴责了个人主义和安于现状、害怕斗争、缺乏理想的市侩哲学,歌颂了英勇顽强、为集体献身的精神,这种精神实际上反映了正在觉醒的人民群众反对沙皇专制统治、渴望自由解放的革命情绪。高尔基早期的现实主义作品多以他熟悉的下层人民的生活为素材,主人公多是失业工人、苦力、流浪汉、乞丐、小偷、妓女等,这些作品所提出的问题和反映的生活范围比浪漫主义作品更深刻、更广泛、风格更多样。其中最有特色的是写流浪汉生活的短篇,如《切尔卡什》(1895)等。

这一时期,高尔基还完成了两部长篇小说:《福马·高尔杰耶夫》(1899)、《三人》(1900)。

### (二) 1905 年的革命准备时期和革命时期的创作

在 20 世纪初俄国工人运动蓬勃发展时期,高尔基积极参加革命活动,多次遭沙皇政府逮捕。他和布尔什维克党关系日益密切,将自己的创作和无产阶级革命事业紧紧联系在一起。他积极参加 1905 年的革命,于同年加入布尔什维克党并会见了列宁。这一时期他的创作有诗歌、剧本、小说等:

诗歌:《海燕》(1911)是高尔基的著名散文诗。作品运用象征的艺术手法,展示了在革命风暴到来之前各种社会力量的表现,歌颂了海燕——无产阶级革命战士的形象。

剧本:高尔基在 20 世纪初创作了一系列剧本,如《小市民》(1901)、《在底层》(1902)、《敌人》(1906)等。《在底层》是高尔基的名剧,描写了一群被抛到生活底层的流浪汉的悲惨遭遇。剧本没有中心事件和中心人物,带有深刻的哲理性质。

小说:长篇小说《母亲》创作于这一时期,是高尔基的重要作品。

### (三) 两次革命之间的创作

1905 年革命失败后,高尔基侨居意大利,在复杂的斗争中,他在思想上产生了一些错误认识。列宁了解到高尔基是真诚地担心党内发生分裂,对他非常关心,热情地给他写信,高度评价他的创作。

这期间,高尔基写了许多作品,有《忏悔》(1908)、《夏天》(1909)、《奥古洛夫镇》(1909)、《马特维·克日米雅金的一生》(1900—1901)、《意大利童话》(1911—1913)。写于这一时期的还有自传体三部曲《童年》(1913)、《在人间》(1914)、《我的大学》(1922 在"十月革命"后完成)。自传体三部曲是高尔基最优秀的作品之一,反映了作家童年、少年、青年时期的生活及其寻找光明的奋斗历程,也表现了 19 世纪七八十年代俄国广阔的社会生活,发表后获得国内外一致好评。

## (四)十月革命后的创作

在十月革命前后尖锐复杂的阶级斗争中,高尔基发表了一组题为《不合时宜的思想》的文章,曾引起过争论。1918 年列宁被刺,高尔基受到很大震动,他决心走"同苏维埃密切合作的道路",积极为社会主义文化建设贡献力量。这一时期他的创作是多方面的:

长篇小说:《阿尔塔莫诺夫家的事业》(1925)通过三代资本家的生活概括了俄国资本主义产生、发展和灭亡的历史过程。《克里姆·萨姆金的一生》(1925—1936)反映了十月革命前 40 年间俄国社会的政治、哲学等思想领域的斗争。这是高尔基最后一部长篇小说,也是他全部创作的总结。就构思的成熟、艺术造诣的高超、深刻的哲学概括和历史意义来说,这部小说达到了作家创作的最高成就。

剧本:高尔基 30 年代剧本中最有名的是《耶戈尔·布雷乔夫和别的人》(1931),通过主人公布雷乔夫的形象表现了资产阶级的精神崩溃和必然灭亡的命运。

回忆录:高尔基一生还写过三十多篇回忆录,其中以《列宁》

(1930)最为著名。

除文艺作品外,高尔基一生还写了大量的政论、文艺评论等。

## 二、《母亲》

长篇小说《母亲》是高尔基的代表作之一。小说的素材来源于1902年下诺夫戈罗德索尔莫沃区的工人"五一"游行及其组织者扎洛莫夫和他的母亲的事迹。

### (一)《母亲》的主要人物形象

尼洛夫娜是小说最主要的人物,她是20世纪初俄国普通工人的母亲和妻子的典型形象,也是当时俄国正在觉醒的革命群众的典型形象。小说开始时,母亲是一位备受折磨、胆小怕事、逆来顺受的普通劳动妇女,在儿子和同志们的帮助下逐渐接近了革命运动。"沼地戈比"事件后,母亲接受了散发传单的任务,这是她成长的重要标志。"五一"游行时,母亲参加了游行,进一步体会到真理的力量。巴维尔第二次被捕后,母亲和革命知识分子住在一起,完全投身于革命工作。小说结尾处,母亲冒着生命危险散发传单,她不顾暗探的毒打,向群众高喊革命口号。通过以上过程,母亲已成长为无所畏惧的坚强的革命战士。母亲的形象显示了马克思主义学说和无产阶级政党在教育改造人方面的巨大威力,同时也反映了20世纪初广大劳动人民革命意识的普遍觉醒。

巴维尔是小说的另一重要形象。他是一个从普通工人成长为无产阶级革命家的典型。他生活在工人运动蓬勃发展的时代,没有走像父亲那样悲惨生活一辈子的老路,在革命知识分子的帮助下迅速走上革命道路。他组织马克思主义工人小组,学习革命理论,向工人做宣传工作。在"沼地戈比"事件中,他领导工人进行了斗争,但这时群众没有觉醒,巴维尔尚缺乏领导斗争经验,斗争失败。巴维尔出狱后又领导了"五一"游行,这时群众觉悟已有了很大提高,他们紧紧团结在红旗周围。巴维尔再次被捕后,把法庭当作战场,进行演说,宣传了革命真理。通过以上事件,巴维尔成长为有高度政治觉悟和理论修养的成熟的革命者。小说表现巴维尔在历次斗争中的英勇行为的同时,还表现了他崇高的献身精神。

此外,雷宾的形象表现了农村觉醒和工农联盟的主题,革命知识分子的形象表现了知识分子在革命理论和工农群众之间的桥梁作用,这都是表现小说主题的重要方面。

## (二)《母亲》的意义

《母亲》通过一系列情节和形象,生动地表现出俄国无产阶级革命的过程。《母亲》是一部划时代的作品,开创了无产阶级文学的新时期,与过去的文学作品不同,它第一次深刻地描写了工人阶级的革命斗争过程,塑造了无产阶级英雄形象,描写了革命者之间崭新的关系。《母亲》具有鲜明的时代意义,对当时的革命斗争是一本非常及时的书,同时也是社会主义现实主义的奠基之作。

# 第四节 肖洛霍夫

## 一、生平与创作简介

米哈依尔·肖洛霍夫(1905—1984)是享有世界声誉的苏联作家。肖洛霍夫于1905年出生在顿河军屯州维奥申斯克乡克鲁日林村,父亲是来自梁赞省的移民。肖洛霍夫长期居住在顿河地区,整个国内战争期间他也是在那里度过的,他非常熟悉顿河哥萨克的生活和风俗习惯,这为他的创作提供了丰富的素材。1922年,他为学习和创作来到莫斯科。1924年发表第一个短篇小说《胎记》,并于同年加入俄罗斯无产阶级作家协会。1926年,他的第一个短篇小说集《顿河故事》问世。此后,他回到家乡居住,从事专业创作。

肖洛霍夫早期的短篇小说以国内战争和建立苏维埃政权的斗争为素材,主要揭示了当时哥萨克内部尖锐而带有悲剧性的冲突。革命时期翻天覆地的变化反映到家庭内部,常使亲人成为仇敌,如《胎记》《看瓜田的人》。此外,有些作品也描写革命在哥萨克群众的思想和生活中引起的变化。

1932年肖洛霍夫发表了长篇小说《新垦地》第一部。1955—1956年发表了小说的第二部。小说表现了农业集体化过程中顿河地区农村疾风暴雨般的阶级斗争,描写了敌对阶级代表人物的反抗、破坏、挣扎以及最后的失败,同时也描写了集体化过程中出现的"左倾"错误和一些干部的过火行为。小说塑造了达维多夫、纳古尔诺夫、拉兹妙特诺夫等性格各异的基层领导干部形象。在艺术上,小说具有人物形象鲜明、结构严谨、风景描写与人物刻画相结合、悲剧性和喜剧性相结合等特点。

50年代,肖洛霍夫主要的创作成就是短篇小说《一个人的命运》(1956—1957),小说真实地表现了普通人民在战争中的痛苦和牺牲,发表后在国内外都获得了好评。

肖洛霍夫的创作使他获得了很多荣誉,他于1965年荣获诺贝尔文学奖。

## 二、《静静的顿河》

《静静的顿河》共四部八卷,情节发生在1912—1922年间。作品在第一次世界大战、二月革命、科尔尼洛夫叛乱、十月革命、国内战争、顿河地区叛乱这样一个广阔的社会历史背景下,以有着深厚的哥萨克历史文化积淀的顿河流域为中心,描写了中农哥萨克葛利高里·麦列霍夫的悲剧命运和他一家人的遭遇,同时展示了革命的风暴给顿河哥萨克的生活带来的翻天覆地的变化。作家把传记和历史、战争场面和家庭琐事、群众运动和个人爱情经历交织在一起,表现了哥萨克人的命运与历史进程之间的相互作用。

### (一) 主人公葛利高里·麦列霍夫的形象

葛利高里形象的基本特点:葛利高里在作品中首次出现时是一个生龙活虎的19岁小伙子,他尊敬父母,热爱乡土、劳动和大自然,有敏锐的感受力、深厚的同情心、丰富的内心世界,性格倔强,并且富于反抗精神。特别是在爱情问题上,他表现了追求自由和维护个性独立的精神。和所有的哥萨克一样,他自幼受到哥萨克习俗和落后意识的深刻影响,从少年时代起,美好的天性就与旧意识的影响深刻地交织在他身上,并极大地影响了他的一生。在塑造这一形象时,作家还着重表现了他的摇摆不定以及由此产生的一系列后果。

葛利高里的摇摆性:在国内战争中,他两次参加红军,三次参加白军叛乱。他摇摆不定的原因是他想走既不是白军又不是红军的第三条道路——符合"哥萨克真理"的道路,这是由哥萨克旧思想的影响、中农的出身和独特的个性特征决定的。

葛利高里悲剧的根源:他追求个人幸福的社会理想与当时俄国历史发展的必然趋势产生了矛盾,这种追求变成了对历史总趋势的对抗,因此失败是必然的。肖洛霍夫对葛利高里抱同情态度。

除葛利高里外,小说中还有许多个性鲜明的人物,如潘苔莱、阿克西尼亚、娜塔丽娅等。

## (二) 小说的艺术特点

《静静的顿河》在艺术上的特点主要表现在三个方面:具有史诗性;风景描写十分出色;广泛运用民间俗语和民歌民谣。

# 第五节　布莱希特

## 一、生平与创作简介

### (一) 生平简介

贝托尔特·布莱希特(1898—1956)是20世纪德国的戏剧家兼诗人。他出身于工厂主家庭,大学期间先是学哲学,后改学医学。第一次世界大战期间,他曾被派往奥格斯堡战地医院护理伤员。1918年,德国"十一月革命"爆发,他被选为当地士兵委员会成员。但革命很快遭到镇压。一次大战结束后,布莱希特重入慕尼黑大学,并开始戏剧和诗歌创作。1919年春,他完成描写德国十一月革命的剧本《夜半鼓声》,该剧于1922年上演并获"克莱斯特奖"(德国戏剧最高奖)。从此,布莱希特引起德国戏剧界的重视,曾先后任慕尼黑话剧院导演兼艺术顾问、柏林德意志剧院艺术顾问。1926年他进入柏林的马克思主义工人学院学习,开始结合创作实践系统研究马克思主义,从而被大家公认为是一个马克思主义者,但他一生从未加入过任何国家的工人党或共产党。二战结束后,布莱希特结束在美国的流亡定居民主德国。1949年布莱希特与妻子在东柏林一道建立"柏林剧团",实践他的戏剧主张。

## (二)"叙事剧"理论

布莱希特的戏剧理论散见于他的谈话、书信、札记、单篇论文之中,重要的戏剧理论文章有《买黄铜记》《戏剧小工具篇》《娱乐剧还是教育剧?》《论实验话剧》等。

布莱希特从马克思主义出发,认为戏剧不应该只表现世界、解释世界,更应该起到教育和改造世界的作用。为此,布莱希特提出了自己的"叙事剧"理论。在他看来,传统的戏剧强调戏剧冲突,强调戏剧性,这是一种建立在亚里士多德关于命运悲剧理论基础上的戏剧,亦即通过剧情使观众产生"恐惧"和"怜悯"的情感,从而在道德上得到净化。而布莱希特倡导的叙事剧,却是要让观众产生思考的兴趣,激发观众变革现实的愿望,从而培养观众积极的处世态度。

为了实现"叙事剧",布莱希特在艺术形式上创造了"陌生化"方法,让观众用新的眼光观察和理解司空见惯的事物。导演和演员因此有意识地在舞台与观众之间制造一种感情上的距离,使演员既是角色的扮演者,又是角色的裁判;使观众成为清醒的旁观者,用探讨和批判的态度对待舞台上的事件。亚里士多德式戏剧的特征是结构上的戏剧性,表演上依靠感情共鸣;而布莱希特式戏剧的特征是结构上的叙事性,表演上依靠感情间离。

## (三)戏剧分类

布莱希特式的叙事剧按照内容可分为三类:教育剧、寓意剧、历史剧。

教育剧是布莱希特在20世纪20年代末30年代初创作的,企图借这类戏剧克服传统戏剧中"看戏"与"行动"脱节的弊端。这类剧作主要不是为了观众,而是为了培养演员的处世态度,使艺术创作与艺术欣赏合而为一,打破演员与观众的区别,使演员也成为"学员"。这类戏剧是当时在德国工人运动中进行宣传鼓动的直接产物,因而所表现的主题大都是个人利益和集体利益的矛盾、自由和纪律的关系等。这类戏剧着重逻辑推理,不注重塑造个性化的人物形象,往往有概念化的倾向,如《措施》(1930)、《母亲》(1930—1932,根据高尔基同名小说改编)等。

寓意剧的特点是比喻,其重点在于对现实社会中的矛盾和对立、人与人之间的关系,进行哲理性的概括。寓意剧一般都是由直接表演和哲理性概括两部分构成,这种"双层次布局"是它在结构方面的特点,作品主题思想就是借这种多层次布局表现出来的,离开任何一部分都无法充分理解作品的实际含义。主要作品有《四川好人》(1939—1941)、《高加索灰阑记》(1945 根据中国元杂剧作家李潜夫的公案戏《包待制智勘灰阑记》改编)等。

历史剧是借用历史题材,回答现实生活中的重大政治问题。主要有《伽利略传》(1946)、《公社的日子》(1948—1949)等。

## 二、《大胆妈妈和她的孩子们》

(一)《大胆妈妈和她的孩子们》的内容和主题

《大胆妈妈和她的孩子们》是一部为反法西斯斗争服务的剧本。全剧分为松散的 12 场。在情节上可谓"无始无终",仅选取了胆大妈妈在战争中失去自己的 3 个孩子这一段经历,结构上是蒙太奇式的片断组合。全剧 12 场的每一场都有一段内容提要(本场情节)的说明词,通过放幻灯告诉观众,因此观众对剧情也就不再有什么"悬念"。把 12 个场景组合起来,反映了一个中心主题:小人物在战争中会失掉一切。

除了大胆妈妈的3个孩子有名有姓外,其余的(10个以上)上场人物几乎都无名无姓,人物表上写的只是"厨师""随军牧师""文书""青年农民""上士""招募士兵的人"等等。这是因为布莱特并不像传统戏剧家那样,通过刻画人物的心理活动来塑造人物的性格,而是通过人物来描写某一个阶层的人的社会性——共性。

大胆妈妈是一个随军叫卖的小商贩、小人物,她想在战争中做买卖发点财,但战争却毁灭了她的家庭(3个子女都死去了)。这正是此剧的教育意义所在。结尾时,大胆妈妈没有觉悟,又去做自己的买卖了。布莱希特认为,主人公觉悟与否无关紧要,重要的是观众看了演出应有所觉悟。如果观众在这个悲剧故事中受到启发,认清并痛恨这样的掠夺战争,认清大胆妈妈行为的盲目性和危害性,那么这出戏就算达到了目的。充分尊重和信赖观众判断是非的能力,是布莱希特美学主张的一个显著特点。

大胆妈妈的孩子们也都有影射当年那个时代的意义。大胆妈妈的这3个孩子并不是同一个血统,他们的父亲并非都是亲生父亲;在别人看来这是十分奇怪的,但大胆妈妈却认为这很"自然",因为决定这个家族的不是"血统"因素。这显然是布莱希特针对希特勒的"种族政策"精心构思而来的。长子哀里夫的父亲是芬兰人。次子施战兹卡司的父亲是瑞士人。哑女卡特琳是半个德国人,由于遭受士兵暴行而失掉语言能力,可是在这个残疾人身上人性犹存。这是隐喻那些被法西斯驱逐出国、遭到迫害的德国反法西斯战士,他们虽然无法用语言向德国人民表达自己的思想,但仍然以自己的行动从事着反法西斯的斗争。他们的精神力量和人格魅力依旧。在剧中,女儿的行动表现了和大胆妈妈对立的思想,即小人物在战胜中并非无能为力。

## (二)《大胆妈妈和她的孩子们》的艺术特点

《大胆妈妈和她的孩子们》典型地反映了布莱希特式叙事剧的艺术特点。

1. "提要"的作用。每一场用幻灯打出的"提要"说明了这一场的主要情节,从而使情节失去了观众所期待的"戏剧性",把观众的兴趣转移到"评论性"上来,以调动观众思考的能力。

2. "歌唱"的作用。剧中穿插的歌唱具有打断故事情节进行的功能。这是布莱希特式叙事剧为了调动观众的思考而采取的一种特殊的艺术手段。

3. 松散的结构。此剧并未采取亚里士多德式悲剧的程式(展示——转折——高峰——突变——灾难),无论在时间的次序还是情节的安排上,均未遵循环环相扣的原则,而是呈现一种无始无终的"松散"结构。

4. 共时性场景的运用。共时性场景作为一种戏剧技巧,源于表现主义戏剧。在此剧中表现为同一场景里两个故事齐头并进的情形。布莱希特的意图是,借这种手法让观众用清醒的头脑有意识地看戏,而不要像剧中人物那样陷入盲目性。

## 第六节  海明威

### 一、生平与创作简介

厄内斯特·海明威(1899—1961)出生在美国伊利诺伊州芝加哥郊外橡树园镇一个医生的家庭。中学毕业后,他在堪萨斯市《星报》当过6个月见习记者。第一次世界大战爆发后,他怀着要亲临其境领略战争的热切愿望,以红十字会司机的身份投身于意大利战场。在那里,他被授予中尉军衔和三枚奖章。但是残酷的战争也给他留下了237处伤痕和赶不走的梦魇般的记忆。康复后的海明威重操旧业,作为加拿大多伦多《星报》的记者,常驻巴黎。在近10年的时间里,他出版了不少作品,主要有短篇小说集《在我们的时代里》(1925)和《没有女人的男人》(1927)、长篇小说《太阳照样升起》(1926)和《永别了,武器》(1929)。《太阳照样升起》真实地表现了战争对一代青年人生理和心理的巨大伤害,以及他们在精神上的迷失。海明威和他所代表的一些作家因而被称为"迷惘的一代"。以反战为主题的小说《永别了,武器》是海明威的代表作之一。

海明威于1928年离开巴黎,先后在美国的佛罗里达州和古巴居住。他经常去各处狩猎、捕鱼、看斗牛。在这第二个10年里,他又发表了不少作品,主要有短篇小说集《胜者无所获》(1933)、札记《非洲的青山》(1935)等。以非洲狩猎为背景的著名短篇小说《乞力马扎罗的雪》(1936)和《弗朗西斯·麦康伯短暂的幸福生活》(1936)也写于这一时期。1937年到1938年,海明威以战地记者的身份在西班牙内战前线奔波。第二次世界大战期间,他作为记者随军行动,并参加了解放巴黎的战斗。1940年,他发表了描写西班牙反法西斯斗争的长篇小说《丧钟为谁而鸣》。他晚年最重要的作品是中篇小说《老人与海》(1952),描写了老渔夫桑提亚哥出海捕鱼连遭厄运的故事,最突出的主题是表现了一种可以被消灭但是不能被打败的"硬汉子"精神。"硬汉子"精神是海明威作品特别是短篇作品经常表现的主题。

海明威在1932年发表的《午后之死》中总结自己的创作经验时提出了著名的"冰山原则",其主要意涵是作家要有深厚宽广的生活和感情基础以构成冰山藏于水下的八分之七,但在表达时不要把话说尽,而要含蓄凝练,如果做到了这一点,读者"自会强烈地感觉到他所省略的东西,好像作者已经写出来似的"。海明威还是一位英语语言大师,他的那种简约有力的叙事风格以及他的"冰山原则"开一代文风,影响了许多欧美作家。1954年海明威获诺贝尔文学奖。1961年7月2日死于自杀。

## 二、《永别了,武器》

以反战为主题的长篇小说《永别了,武器》是海明威的代表作之一,揭露了第一次帝国主义世界大战的残酷和毫无意义,以及它对一代青年人理想与幸福、人生观与价值观的毁灭。主人公弗雷德里克·亨利是个美国青年,自愿来到意大利战场当汽车兵。负伤期间,他与英籍女护士凯瑟琳相爱。亨利工作努力,但在一次撤退中竟被误认为是德国奸细而即将被枪毙。后来他跳河逃跑,并决定脱离战争。为摆脱宪兵的追捕,他和凯瑟琳逃到中立国瑞士。在那里,他们度过了一段幸福宁静的时光。但不久,凯瑟琳死于难产,婴儿也窒息而亡。亨利悲痛欲绝。

(一)《永别了,武器》中的主要人物形象

亨利属于在20世纪初美国物质文明迅速发展中成长起来的一代青年,天真单纯,没有认识到帝国主义战争的性质。他志愿到意大利战场参战。因为他相信政府的宣传,以为是在"拯救民主",但是战争的实际情况彻底改变了他的思想。亨利从积极参战到逃离战争有一个转变过程。亨利开始时的主导思想是保家卫国;受伤后表示不喜欢战争;住院期间享受了和平与爱情的美好,到归队时厌战情绪已十分明显但仍能尽军人的职责;卡波雷托大撤退中,亲眼看到士兵的厌战情绪达到高峰;被误认为是间谍即将被枪毙,跳河逃跑,脱离战争。亨利脱离战争后,投入爱情的怀抱,但凯瑟琳因难产而去世,他的爱情理想也破灭了。

凯瑟琳是个深受战争之害的温柔多情的女性。她的主要特征是献身于爱情,对爱情忠贞不渝。在小说中,她既是一个真实的女人,又是爱情、和平、幸福的象征。

## (二)《永别了,武器》的两条情节线索

《永别了,武器》有两条情节线索,亨利告别战争的线索和亨利与凯瑟琳的爱情线索。两条线互相交织、相辅相成,表现了战争和爱情两个主题。小说令人信服地说明,帝国主义战争是残酷、毫无意义的,而在一个战乱的环境里,企图超然于罪恶的战争之外、实现个人的幸福也是不可能的,因而战争既毁灭了一代青年人的信仰,也毁灭了他们的幸福和爱情,他们在战争中失去了一切,留下的只有深深的孤独感、幻灭感。

## (三)《永别了,武器》的艺术特点

小说的主要艺术特点表现为善于渲染气氛,烘托环境,体现了一种简洁干净的文体风格和出色的现代叙事艺术。

# 第七节 奥尼尔

## 一、生平与创作简介

尤金·奥尼尔(1888—1953)是美国戏剧的奠基人和美国现代戏剧的主要代表。奥尼尔出身于演员家庭,父亲在19世纪80

年代的美国因扮演基督山伯爵而著名。童年时期的奥尼尔跟随父亲到美国各地巡回演出，因而十分熟悉舞台和戏剧艺术。1897—1906年奥尼尔曾就读于几所寄宿学校，后进入普林斯顿大学学习，一年后辍学。奥尼尔青年时期曾做过多种工作，如淘金、报社记者和诗歌专栏作家。他还做过水手并到过国外许多地方。1912年奥尼尔因患肺结核住院治疗，在此期间，他决定从事戏剧创作。1914—1915年，为提高自己的剧作技巧，奥尼尔曾在哈佛大学贝克尔教授开办的戏剧写作班学习。奥尼尔一生创作了五十多个剧本，大多数是悲剧。他获得了四次普利策奖和1936年的诺贝尔文学奖。奥尼尔晚年患有帕金森综合症而难以从事写作，1953年逝世于波士顿。

奥尼尔一生的创作大致可以分为三个阶段。1913—1920年是学习阶段。在此期间他主要创作现实主义风格的独幕剧，题材多取自早年所熟悉的海上生活。其中《东航卡迪夫》(1916)具有代表性。这部作品写一个受重伤的水手临终前对自己一生的回顾，表现了人生的悲剧性。

1920年至30年代初期是奥尼尔创作的第二个时期。在这一阶段，奥尼尔用不同的创作方法写出多部多幕剧，主要有现实主义风格的作品《天边外》(1920)、《安娜.克里斯蒂》(1922)、《榆树下的欲望》(1924)，表现主义风格的作品《琼斯皇》(1920)、《毛猿》(1921)以及带有精神分析色彩的《奇异的插曲》(1925)和《悲悼》(1931)等。

《天边外》是奠定奥尼尔作为美国重要戏剧家地位的作品。剧本写两个乡下青年的故事。罗伯特富于幻想，准备随舅父去远航。他暗恋着哥哥的意中人露斯。临行前与她告别时却得知露斯爱的是自己，于是罗伯特决定和露斯结婚，留在农庄。原本喜欢务农的哥哥一气之下随舅父出海去了。罗伯特不懂农业,农庄负债累累,露丝认为自己选错了人,女儿的夭折更使夫妻俩反目成仇。罗伯特重病缠身,临终前他爬上一座小山眺望大海,渴望着"天边外"的世界。这是一部富有哲理意味的作品:人生的追求和结果总是相悖。

《毛猿》是奥尼尔表现主义作品的代表作。主人公扬克是一艘豪华邮轮上的司炉。他体格魁梧,浑身煤黑,状似"毛猿"。起初扬克对自己的工作充满自豪感,但一次他从底舱走上甲板,遇到百万富翁的漂亮千金米尔德里德,对方一句"肮脏的畜生"把他的自我评价击得粉碎。船靠岸后,扬克企图找米尔德里德"算账",其结果是不被"第五大道"代表的文明社会接纳,不被世界产业工人联合会代表的本阶级接纳。无所归属的扬克来到动物园,误把大猩猩的沉默当作是在倾听自己的诉说,于是打开笼子,最终死在了猩猩的怀抱里。《毛猿》通过一个在工业文明发达的社会里找不到自我归属的底层劳动者的遭遇,象征性地表达了人类在世界中找不到自己位置的主题。《毛猿》所体现的表现主义戏剧的艺术特征主要是将心理活动外化,即使难于感知的人物心理活动,也通过音响、人物造型成为能诉诸观众听觉和视觉的直接效果。

《悲悼》是一部规模宏伟的作品,包括《归家》《猎》《祟》三部曲,写住在新英格兰的曼农家族的复仇故事。作品情节借自古希腊悲剧《俄瑞斯忒斯》(母杀父,子女杀母为父报仇),形式亦借鉴古希腊悲剧(如"三联剧"、合唱队),同时融入现代主义因素(如对变态心理的挖掘、人物脸上面具式的表情等)。

1939—1943 年是奥尼尔创作的后期也是他创作的巅峰时期。之前他有 10 年未发表作品,当人们几乎把他遗忘的时候,奥尼尔却奉献了最后几部思想和艺术都更加精湛的作品:《送冰的人来了》(1939)、《进入黑夜的漫长旅程》(1941)、《休伊》(1940)、《月照不幸人》(1943)等。

《送冰的人来了》是奥尼尔后期的重要作品。故事发生在1912年纽约一家带客房的下等酒馆里。主要人物是十几个房客——一群靠喝酒、回忆和做白日梦打发日子,逃避现实的生活失败者。作品的中心事件是房客希基本想痛改前非,却无力改变现状,在痛苦和无奈中杀妻并被捕的事件。作者表现了现代社会中人的精神无所依托的状况,无论逃避还是清醒结果都是悲剧。在艺术上,作品采用了主要通过对话表现人物及其心理而淡化情节的方法。

## 二、《进入黑夜的漫长旅程》

《进入黑夜的漫长旅程》被认为是奥尼尔的创作及美国现代戏剧的最高成就。此剧具有自传性。作品中的四个人物以奥尼尔本人、他的父母、哥哥为原型,用奥尼尔的话说是"用血泪写下的旧日心酸"。

### (一)《进入黑夜的漫长旅程》的内容与人物形象

《进入黑夜的漫长旅程》表现了演员蒂隆一家一天的生活。清晨,母亲玛丽刚从疗养院戒毒归来,全家为她身体好转而高兴,但母亲这一次是否能戒毒成功又使全家人产生了疑问。随着剧情的展开,玛丽复吸得到了证实,小儿子埃德蒙又被确诊患了在当时被视为不治之症的肺结核,全家人陷入痛苦之中,他们在互相指责和自我忏悔中逐渐道出了这个家庭的历史以及相互间又爱又恨的复杂感情,在无法解脱的悲剧境况中,随时间一同进入漫漫长夜。

玛丽是剧中的女主角,她出身于中产阶级家庭,少女时期深受父亲宠爱并受过良好教育,后来迷恋上了当红男演员蒂隆并嫁给了他。婚后漂泊不定的生活使她在生产时染上毒瘾。作品充分表现了她对婚姻生活的失意和无奈。长子杰米是一个生活的失败者,母亲吸毒这件丑事在他心中打下了深刻的烙印,他心灰意冷,酗酒嫖妓,完全失去了进取的勇气。在剧中,他总是神情沮丧,对所有的人都充满怨恨。他对弟弟怀有爱恨交加的感情,既嫉妒他的才华,又真诚地为他的病担忧。次子埃德蒙身上有奥尼尔的影子。他有诗人的浪漫气质,在写作上已初露才华。但母亲吸毒,自己又身患重病,这一切都使他陷入难以自拔的痛苦中。父亲蒂隆似乎是家庭不幸的根源。由于他不肯花钱请好医生而使玛丽染上毒瘾,而母亲吸毒又是造成两个儿子生活失意的主要原因。但蒂隆的吝啬却是生活使然。蒂隆出身于爱尔兰移民家庭,童年时期他和母亲就被父亲遗弃,贫困的生活和在演艺界多年的艰苦打拼使他养成了节衣缩食的习惯。他曾因不肯送埃德蒙去好医院而和儿子们爆发了激烈的冲突,但他最终改变了自己的决定。他对早年生活的回忆赢得了儿子们的原谅,也使读者对这一人物充满同情和理解。

## (二)《进入黑夜的漫长旅程》的艺术特点

《进入黑夜的漫长旅程》是现实主义作品。作品只写了蒂隆一家一天的生活,用"追溯法"回顾这一家庭的历史,没有大起大落的事件,而是着重开掘人物的内心。全剧结构有序,充满内在戏剧张力。

## (三)奥尼尔创作小结

奥尼尔用自己的创作成就了真正的美国现代悲剧,他的作品主要表现在物质文明高度发展的社会中,人的精神无可归属、缺乏价值感以及人生的悲剧性。奥尼尔戏剧在艺术上的特点是方法的多变。他早期运用现实主义方法,中期尝试表现主义、象征主义、精神分析、意识流方法,晚期虽回归现实主义,但已不是传统的现实主义,而是吸收各种戏剧创作方法之长,尤其注重开掘人物的心理,被认为是"富有表现力的现实主义"。一位瑞典批评家曾说:"人们也许对谁是当今美国最伟大的诗人、小说家、散文家会有争议,但奥尼尔作为美国最伟大的剧作家的地位却从未受过认真的挑战。这种现象在现代评论史上可说是独一无二的。"①

## 第八节 卡夫卡

### 一、生平与创作简介

弗兰茨·卡夫卡(1883—1924)是19世纪末20世纪初奥地利著名小说家。卡夫卡出身于布拉格一个犹太人家庭。他的父亲是一位精明能干、白手起家的商人。父亲在家中有至高无上的权威,"专横有如暴君",卡夫卡对他既尊敬又畏惧(这种感情在他后来的作品中有所反映)。中学毕业后,卡夫卡迫于父命和就业的考虑,上了大学法律系,毕业后在一家保险公司工作,文学创作一直是他倾注了巨大热情却不得不在业余时间从事的事情。在短暂的一生中,卡夫卡始终是一个孤独者。他的性格和他对生活的理解,往往使他在现实面前感到惊恐而却步不前。他曾三次订婚,又三次解约,直到去世前不久,他才有勇气和一个犹太姑娘结成生活

---

① 转引自刘海平、王守仁主编:《新编美国文学史》第3卷,上海外语教育出版社2002年版,第408页。

伴侣。1922年7月,他患肺结核病,久治不愈。1924年6月3日,病逝于维也纳附近的一家疗养院。

卡夫卡的写作纯属"个人写作",不为发表也不为传世。病入膏肓之际,卡夫卡在遗嘱中要求好友马克思·勃洛德把他的作品毫无例外地付之一炬,但勃洛德却洞悉了这些作品的重要价值,在卡夫卡死后将其整理出版,使后人得以看到一个奇特的卡夫卡艺术世界。

卡夫卡主要的文学成就是小说。他著有三部未完成的长篇小说:《美国》(1912—1914)、《审判》(又译《诉讼》,1914—1918)、《城堡》(1922);另有一批短篇小说,包括《判决》(1912)、《变形记》(1912)、《在苦役营》(1914)、《乡村医生》(1917)等。此外,卡夫卡还留有大量的日记和书信,其中《致父亲的信》长达35000字,是一篇出色的书信体文学作品,在卡夫卡的著作中占有一定地位。

卡夫卡的创作特点十分突出。他的作品是奥匈帝国时代的产物,是他的生活环境、性格、哲学思想、对社会的独特理解的文学表现。他的作品贯串着社会批判的精神,其基本主题是表现现代资本主义社会中人的异化(指人被自己创造出来的物所主宰而失去了人的本性)、人与环境的对立、人与人之间的冷漠关系、小人物的悲苦命运和奥匈帝国统治的罪恶。在艺术上,卡夫卡被认为是表现主义在小说领域的代表。他的作品往往通过虚拟、变形、夸张、抽象等艺术手段,突破对客观事物的"摹写"而表现事物的内在实质,并把自己对一个具体国家、时代、人物命运的独特感受抽象为人类共性的高度,使之带有普遍意义,同时又以写实的细节描写使作品表现出的人类的生存本质真实可信。

短篇小说《变形记》是卡夫卡的重要作品。小说讲述旅行推销员格里高尔·萨姆沙一天早晨起来发现自己变成了一只大甲虫。他的怪相吓跑了公司的秘书主任,母亲见状昏了过去,父亲则气得要死。格里高尔从此不能再挣钱养家,家里只好靠出租房子生活。起初妹妹还能照顾格里高尔,后来也对他感到厌烦。一天为了听妹妹拉小提琴,格里高尔爬进了客厅,他的样子吓坏了房客,其结果是父亲用苹果把他打成重伤。当天夜里格里高尔在孤寂中死去了。他死后,全家举行了郊游。这个荒诞的故事表现的内容是丰富而深刻的。它表现了在现代社会中,科技与工业的迅猛发展降低了人的价值,社会的商品化和金钱万能的价值观使人与人之间的关系变得冷漠,人不能掌控他所创造出来的物(异化)的现象十分严重。在艺术上,作品具有十分明显的将真实的细节描写融入表现主义的框架之中的特点。

## 二、《城堡》

《城堡》是卡夫卡长篇小说代表作。主人公K从一个不知名的地方来到一个大雪覆盖的村子,据说是应邀来当土地测量员。但后来得知此事纯属子虚乌有。K企图面见城堡的最高统治者以获准在村子里合法居住,通往城堡的道路也畅通无阻,但K费尽周折也不能到达城堡的大门,此间还经历了无数荒诞不经的事情。小说的背景模糊不清,读者只能隐约感受到腐朽衰败的奥匈帝国的某些本质的东西,K的遭遇表现了一个人在陌生环境中的尴尬处境。

《城堡》的背景、故事、人物及其遭遇的抽象和神秘引起了对小说的多种解释。在《城堡》的研究史上,不同的研究者从不同的文化背景和理论视野出发,得出的结论主要有:从神学立场出发,研究者认为"城堡"是神和神的恩典的象征,K所追求的是最高的和绝对的拯救,也有研究者认为卡夫卡用城堡来比喻"神",而K的种种行径都是对既成秩序的反抗,想证明神是不存在的;持心理学观点的研究者认为,城堡客观上并不存在,它是K的自我意识的外在折射,是K内在真实的外在反映;存在主义者认为,城堡是荒诞世界的一种形式,是现代人的危机,K被任意摆布而不能自主,他的一切努力都是徒劳,从而代表了人类的生存状态;社会学的观点认为城堡中官僚主义严重、效率极低,城堡里的官员既无能又腐败,彼此之间充满矛盾,代表着崩溃前夕的奥匈帝国的官僚主义作风,同时又是作者对法西斯统治的预感,表现了现代集权统治的症状;马克思主义文艺观认为,K的恐惧来自于个人与物化了的外在世界之间的矛盾,小说将个人的恐惧感普遍化,将个人的困境作为历史和人类的普遍困境;从形而上学的观点看,K努力追求和探索的,是深层的不可知的秘密,他在寻找生命的终极意义;实证主义研究者详细考证作者生平,以此说明作品产生的背景,指出《城堡》中的人物、事件同卡夫卡身处的时代社会、家庭、交往、工作、旅游、疾病、婚事、个性等等有密切的关系。[①] 作品的多解性和不确定性不仅是《城堡》的特征之一,在20世纪现代主义、后现代主义文学中也具有代表性。

卡夫卡的创作对西方现当代文学产生了巨大影响,评论家把他与法国的普鲁斯特、爱尔兰的乔伊斯共同誉为现代主义小说的奠基人。

## 第九节 乔伊斯

### 一、生平与创作简介

詹姆斯·乔伊斯(1882—1941)是意识流小说的主要代表,在

---

[①] 参见吴晓东《20世纪外国小说专题》,北京大学出版社2013年版。

20世纪欧美文学中占重要地位。

乔伊斯出生于爱尔兰都柏林的一个税务官家庭,家中天主教气氛浓厚。父亲具有民族主义思想,受其影响乔伊斯也对统治爱尔兰的英国抱有反感。乔伊斯长期受天主教教育,但没有遵从家庭所望担任神职,最终放弃了天主教信仰,即使是母亲临终前希望他重新皈依的遗愿也未使他改变。

乔伊斯少年时代就喜爱文学,大学时代更是注意努力学习文学。毕业后,乔伊斯曾短期学医。1904年夏,乔伊斯与旅馆服务员诺拉·巴纳克尔结识,后与她结为终身伴侣。乔伊斯长期以写作和教授英语为生,曾辗转欧洲多地居住,作品出版经常遇阻。他的主要作品《尤利西斯》最初被认为是淫秽作品而遭禁。乔伊斯后来受到美国诗人庞德的提携,作品因此得以出版,他多年贫困的处境也因两位女士的资助而得到改善。乔伊斯患有眼疾,此病折磨了他一生。1941年乔伊斯因十二指肠穿孔逝世。

乔伊斯主要的文学成就是小说。主要作品有:短篇小说集《都柏林人》(1914)包括15个短篇,主要内容是写都柏林人所过的循规蹈矩、精神麻木的生活。

《一个青年艺术家的画像》(1914)是一部现代心理小说,有自传成分。小说写主人公斯蒂芬·代达勒斯的成长过程,特别是心路历程。乔伊斯在这部作品中进行了多种艺术方法的实验,既有现实主义、自然主义,也有用以表现主人公精神世界的意识流手法的大胆尝试。主人公的姓氏取自古希腊神话中一个能工巧匠的姓名,具有象征含义。

长篇小说《芬尼根们的苏醒》(又译《芬尼根守灵夜》,1939)围绕核心人物酒店老板伊尔威克一夜之间的梦幻意识展开,其中既有对伊尔威克家族命运的描绘,又涉及了爱尔兰乃至全世界的历史。小说的书名源自爱尔兰的一首民歌《芬尼根的苏醒》(又译《芬尼根的守尸礼》),乔伊斯把芬尼根改为复数,既指代小说中的所有人物,又隐喻了整个人类。作家在小说中进行了大胆的语言实验,18种语言杂陈其中,难字典故比比皆是,使小说晦涩难懂。

除小说外,乔伊斯的主要作品还有诗集《室内音乐》(1907)、剧本《流亡者》(1918)等。

## 二、《尤利西斯》

长篇小说《尤利西斯》被认为是"20世纪最伟大的英语文学著作",是意识流小说的开山之作和集大成之作。小说的内容是写1904年6月16日一天里发生在布鲁姆、斯蒂芬、莫莉三个主人公身上的事情。地点是爱尔兰的都柏林。

### (一)《尤利西斯》的内容与人物形象

都柏林市的犹太裔市民布鲁姆是报社的广告生意人,儿子夭折,妻子莫莉是个小有名气的歌唱家,因丈夫不能满足自己的性欲而新欢不断,现任情人是她的经纪人、歌唱家博伊兰。1904年6月16日,布鲁姆起床后,离家开始了一天的城中"漫游":去邮局,洗澡,参加葬礼,去图书馆,到餐馆和酒馆吃饭喝酒,到海滨乘凉,去医院看望产妇等等。这一天他结识了青年斯蒂芬。出国寻求发展的斯蒂芬因母亲病危而回国,他为拒绝了母亲临终前要他皈依天主教的要求而一直心存愧疚。他颇有天分,对历史和哲学、国家与社会都有深入的思考。但他怀才不遇,此时暂在小学教历史,尚不明确未来事业的发展方向,无论是生活上还是精神上都是一个漂泊者。布鲁姆把斯蒂芬带回家,两人谈得很投机。斯蒂芬在布鲁姆身上找到了自己精神上的父亲,而布鲁姆则仿佛找到了儿子。

斯蒂芬走后,布鲁姆来到卧室,他知道妻子和情人曾幽会过……他本想报复,但最终放弃了。莫莉在半睡半醒中脑海里涌动着意识的洪流。

乔伊斯在小说中写了现代都市中三个普通人布鲁姆、斯蒂芬、莫莉一天的活动,并通过在小说结构和人物上与古希腊史诗《奥德修纪》的对照,发人深省地让人们了解和认识了当代的社会和人。古代的国王奥德修斯——尤利西斯智慧超群,他巧设"木马计"攻克了攻不破的特洛伊城;归国途中,他历尽磨难,九死一生;回国后,他杀罚决断,处死了那些觊觎王位和王后的人,是一个高大的英雄。而现代的尤利西斯——布鲁姆,他的"漂泊"与"历险"只是在城中游荡了一天,他默认了妻子与情人的关系,为苟且偷安而忍受羞辱,只是个善良忠厚的庸人;古代的王子帖雷马科是一个目标明确、敢于复仇的英武青年,而与之相对应的斯蒂芬却是一个彷徨迷惘的知识分子。古代王后珀涅罗珀在丈夫未归的10年中拒绝了众多求婚者的诱惑,忠贞勇敢;与之相对应的莫莉却道德沉沦、耽于肉欲。通过古今人物的对照,作家向读者展现了现代西方社会世风日下的真实面貌,揭示了现代人的平庸以及他们面临的精神危机。

## (二)《尤利西斯》的艺术特点

《尤利西斯》是意识流小说的典范作品。作品只写了主人公一天的现实生活,而通过人物的意识之流(主要是通过内心独白和自由联想来表现),使作品有悠久的时间长度和巨大的内容含量,其中包括对现实事件的直接反应、对过去事物的回忆、对未来情况的预判。这种意识之流又层次多变,有时是人物清醒状态的理性思考,有时是半清醒状态的飘渺思绪,有时是睡梦中的潜意识活动。在小说中,读者能看到人物内心最隐秘亦是最真实之处,其中最典型的例子是结尾处莫莉在半眠状态下的意识活动。她想到自己过去的"相好",与布鲁姆夫妻关系的不和谐以及修复的可能性,与现任情人博伊兰的性行为,还幻想着与斯蒂芬谈情说爱……乔伊斯在表现人物心理时不再使用传统小说常用的提示语,如"想到""感到""意识到"等,而是将人物意识直接呈现给读者,人物的意识流与作品对现实生活的描写有机融为一体,意识流成为结构庞大作品的主要手段。这类小说又被称为意识流文体。

## 第十节 萨 特

### 一、生平与创作简介

让-保尔·萨特(1905—1980),法国存在主义哲学家、文学家和社会活动家。萨特生于巴黎,父亲是海军军官,在萨特一岁多时去世。萨特跟随做德语教师的外祖父长大。19岁进入巴黎高等师范学校攻读哲学。1929年,他以第一名的成绩通过哲学教师资格考试,并结识在这次考试中获第二名的西蒙娜·德·波伏娃,后来,两人成为战友和终身伴侣。萨特曾在巴黎等地的中学任哲学教师多年。1933—1934年在德国留学,研究德国哲学家胡塞尔和海德格尔等人的哲学,在此基础上形成了自己的存在主义哲学思想体系。第二次世界大战爆发后,萨特应征入伍,1940年被德军俘虏,次年获释,之后继续教书和写作,还曾参加过法国地下抵抗运动。40年代,萨特有大量著作问世。1945年创办《现代》杂志,评论当时国内外的重大事件。1964年,萨特主要因费时10年、精心著就的自传《词语》获诺贝尔文学奖。但他却拒绝领奖,声明

"一向谢绝来自官方的荣誉",保持了一位思想家的精神独立。1980年,萨特逝世,数万群众为他送葬,以悼念这位战后一代人的精神领袖。

萨特的主要著作包括哲学和文学两方面。哲学著作主要有:《想象》(1936)、《存在与虚无》(1943)、《存在主义是一种人道主义》(1946)、《辩证理性批判》(1960)、《方法论若干问题》(1957)等。

萨特主要的文学著作中既有文学创作又有文学理论。在《什么是文学》(1947)中,萨特提出了"介入文学"的主张。他认为,写作是"介入","艺术品,就是召唤",而"介入"和"召唤"的内容应是揭露"一切非正义的行为"和"应被取缔的弊端";只有正义的召唤才能产生"好的小说",而非正义的作品,如反犹太主义、法西斯主义,只能断送作者的艺术生命。他甚至进一步阐释"介入":"有朝一日,笔杆子被搁置,那时候,作家就有必要拿起武器。"[①]萨特的文艺主张被认为是"资产阶级美学理论中的优秀传统在20世纪的一次复兴"[②],有着非常进步的意义。

萨特的文学作品包括小说和戏剧两部分。小说主要有长篇小说《恶心》(1938)、短篇小说集《墙》(1939,包括《墙》《房间》《艾罗斯特拉特》《密友》《一个工厂主的童年》5篇作品)、长篇小说三部曲《自由之路》(1945,包括《懂事的年龄》《延缓》《心灵之死》)。

日记体长篇小说《恶心》是萨特小说的代表作,是一部表达一个存在主义者对现实世界的荒诞体验的作品。小说写青年学者洛根丁对外界事物的独特感受,如人的躯体、一条皮面的长凳、一棵

---

① 萨特:《为什么写作》,见柳鸣九选编《萨特研究》,中国社会科学出版社1981年版。
② 柳鸣九:《编选者序》,见柳鸣九选编《萨特研究》,中国社会科学出版社1981年版。

栗树盘根错节的根、咖啡店老板裤子的吊带等,这种感受概括起来就是恶心、厌恶。洛根丁的这种感受来源于对自己浑浑噩噩、毫无意义的生存状态的认识,是觉醒的表现;而这种生存状态正是一般人生存的常态,只是人们不自知。从这个意义上讲,小说具有警醒世人的积极作用。

短篇小说《墙》以30年代西班牙民族革命战争为背景,写被逮捕的三个革命者临刑前夜的表现。两个青年都害怕死亡,一个显出惧怕,一个强作镇静,第二天他们都遭到处决。共产党员伊比塔宁死不屈,却因谎称敌人要逮捕的领导人格里藏在墓地而意外被免刑,因为敌人竟阴差阳错地在墓地抓住了恰巧转移到那里的格里。小说试图说明,世界颠倒混乱,人的生死纯属偶然。

长篇小说三部曲《自由之路》以第二次世界大战为背景,写哲学教师玛第厄从只追求个人自由到投身于抗战斗争并最终捐躯的过程,是萨特"自由选择"思想的形象化阐释:正确的选择造就了英雄。

与小说相比,萨特在戏剧方面取得了更大的成就。他主要的戏剧作品有:《苍蝇》(1943)、《禁闭》(1944 又译《间隔》《密室》)、《死无葬身之地》(1946)、《恭顺的妓女》(1948)、《肮脏的手》(1948)、《魔鬼与上帝》(1951)、《基恩》(1953)、《涅克拉索夫》(1955)、《阿尔托纳的隐居者》(1958)等。

萨特的文学作品是表达存在主义哲学观点的重要场所,也是他的"介入文学"主张的体现。"存在先于本质""世界荒诞,人生痛苦""自由选择",这些存在主义哲学的主要观点是他在文学作品中经常表达的主题。在艺术上,富有哲理性是萨特作品的主要特点。

## 二、《苍蝇》和《禁闭》

### （一）《苍蝇》

三幕剧《苍蝇》是萨特的代表作之一，根据古希腊埃斯库罗斯的悲剧《俄瑞斯忒斯》改编而成。在异乡长大的俄瑞斯忒斯回到故乡阿耳戈斯。昔日繁荣的小城如今破败不堪。15年前俄瑞斯忒斯的母亲伙同奸夫杀害了他的父亲——国王阿伽门农，登上了王位，从此城里一直弥漫着腐尸的气味。成千上万的苍蝇盘旋在人们头上——它们是复仇女神厄里倪厄斯。俄瑞斯忒斯见到了如女奴般屈辱生活着的姐姐厄勒科特拉。姐弟俩决定杀死母亲和国王，为父报仇。国王得到了处决，但厄勒科特拉却在即将处死母亲时发生了动摇。俄瑞斯忒斯独自前往，完成了使命。厄勒科特拉良心不安，向死亡之神朱庇特忏悔，并与弟弟决裂。俄瑞斯忒斯虽杀死了弑君篡位者，但百姓并不感激他，反而称其为"凶手""屠夫""亵渎神明的人"。俄瑞斯忒斯毅然离开阿耳戈斯，群蝇也随之而去。

《苍蝇》是一部体现存在主义"自由选择"思想的悲剧。俄瑞斯忒斯回国后，在面临是否复仇的问题上遇到重重阻力：朱庇特前来阻挠，因为多年前那场弑君篡位的暴行正是受朱庇特的指使；与俄瑞斯忒斯同行的老师对他宣扬得过且过的懦夫哲学；与母亲的血缘关系也使他心存顾忌。但俄瑞斯忒斯最终选择了复仇。而复仇之后的局面使他面临又一次选择，留下意味着人民将继续过地狱般的生活，因而俄瑞斯忒斯毅然选择了离去。姐弟俩的选择各不相同，厄勒科特拉选择妥协而摆脱了苍蝇的围攻，俄瑞斯忒斯选择伸张正义，承担后果，宁愿忍受苍蝇的叮咬和追逐。俄瑞斯忒斯勇于挑战命运，通过"自由选择"最终确立了自己英雄的本质。

《苍蝇》具有古希腊悲剧的特点。全剧从"危机"写起,回溯过去发生的事情,戏剧冲突紧张尖锐,台词浓墨重彩,主人公充满英雄气概,他们虽完成了正义的事业,但个人命运却是悲剧。《苍蝇》演出时恰逢二战中纳粹占领法国,剧本所表现出的对妥协思想的批判和义无反顾复仇的主题极大地鼓舞了法国人民反法西斯的斗志,也奠定了萨特在法国戏剧界的地位。

## (二)《禁闭》

如果说《苍蝇》表现善的选择可以造就英雄的话,那么《禁闭》则表现恶的选择会显露人的卑劣本质。《禁闭》的故事发生在地狱中呈现法国第二帝国时期风格的一个客厅。人物是一男两女三个鬼魂:因背叛祖国而被处决的报社记者加尔森,勾引表弟之妻的女同性恋伊奈斯,杀死私生女又使情夫悲痛而亡的荡妇埃斯泰勒。这三个劣迹昭昭的人被禁闭在地狱中形成了一个丑恶的三角关系。加尔森追逐伊奈斯,伊奈斯迷恋埃斯泰勒排斥加尔森,埃斯泰勒厌恶伊奈斯而勾引加尔森,加尔森却反感埃斯泰勒的淫荡。三人为满足自己的欲望都成了他人的障碍并以给他人制造痛苦为乐,他们互相纠缠,互相折磨,又必须同处一室,谁也摆脱不了谁。最后,加尔森悟到:"原来这就是地狱……地狱,就是他人。"萨特在解释"他人即地狱"这句名言时说:它并不泛指一般的人际关系,而是指"如果与他人的关系被扭曲了,被败坏了,那么他人只能是地狱"。《禁闭》也从另一角度阐释了"自由选择"的内涵,即虽为自由选择,但有善恶之分,恶的选择只能导致人的丑恶本质,使生存环境更加孤独痛苦。

### (三)关于"境遇剧"

萨特的戏剧被称为"境遇剧"。他笔下的人物总是在特定的有时甚至是极端的境遇下进行自由选择,因为他认为只有在某种"境遇"下,人的生命本质才能彰显。他的作品还善于表现人物在进行选择时的进退维谷。就戏剧要素而言,境遇也对构成戏剧冲突至关重要。

## 第十一节 贝克特

### 一、生平与创作简介

萨缪尔·贝克特(1906—1986),爱尔兰剧作家、小说家,荒诞派戏剧的主要代表。贝克特出生在爱尔兰都柏林一个犹太人家庭。大学毕业后曾在法国巴黎高等师范学校任英文教师。在法国期间结识爱尔兰小说家詹姆斯·乔伊斯,在乔伊斯患眼疾时,曾录下他口述的《芬尼根们的苏醒》的一些章节,还与人合作把乔伊斯的作品译成法文。1931年回国,在三一学院教授法文,同时研究笛卡尔的哲学思想,获硕士学位。1938年到法国居住,第二次世界大战期间参加过法国抵抗运动,因受追捕曾隐居乡间。战争结束后回爱尔兰为红十字会工作过一段时间。1945年回法国定居,从事专业创作。他的作品用英、法两种语言写成。

贝克特从20年代末开始写作诗歌、小说和评论,在创作上受到乔伊斯和普鲁斯特的影响。他的主要作品有:诗歌《婊子镜》(1930),长篇小说《莫非》(1938)、《如此情况》(1961),长篇小说三部曲《马洛伊》(1951)、《马洛纳之死》(1951)、《无名的人》

(1953)等。主要评论著作有《论普鲁斯特》(1931)。

为贝克特赢得广泛世界声誉的是他的戏剧创作。他主要的剧作有《等待戈多》(1953)、《结局》(1958)、《最后一盘磁带》(1958)、《啊,美好的日子》(1961)、《喜剧》(1964)等。两幕剧《啊,美好的日子》第一幕,50来岁的女主人公维妮已被土埋到腰间,清晨醒来她照镜子,涂脂抹粉,和土堆边上的丈夫说笑闲聊,语言絮絮叨叨,意思含混不清。第二幕和第一幕基本相同,不同的是土已埋到维妮的颈部,而女主人公仍然照镜子,涂脂抹粉,并感叹到:"啊,多么美好的一天!"《结局》中的四个人物都残缺不全:盲人哈姆是瘫痪病人,仆人克洛夫患有一种能站能走不能坐的怪病,哈姆的父母生活在垃圾桶里,靠哈姆给他们一点吃的过活。四个人在痛苦中等待结局的到来。

贝克特的作品、尤其是戏剧作品是存在主义世界荒诞、人生痛苦的哲学思想的形象化阐释。他的戏剧艺术特点十分鲜明:象征是其主要手段;舞台上布景道具一般都十分简单;人物大多猥琐丑陋,甚至是残废;他们生活在想象中的荒诞情境中,如只有枯树的路边、土坑、垃圾桶中等;人物对话总是语无伦次。而这一切之和却能表达深刻的哲理。

## 二、《等待戈多》

### (一)《等待戈多》的内容

两幕剧《等待戈多》是荒诞派戏剧的代表作之一,也是最能体现贝克特戏剧风格的作品。这出戏第一幕的时间是黄昏,两个流浪汉——符拉吉米尔(又名戈戈)和艾斯特拉冈(又名狄狄)在路旁枯树下等待他们不认识的戈多,他们闲极无聊,说一些颠三倒四的废话,还想试着上吊。波卓老爷带着仆人幸运儿路过此地,流浪汉错把他当作戈多。晚上,一个男孩来报信说戈多今天不来了,明天准来。第二幕时间、地点以及流浪汉的行为举止和第一幕基本相同,不同的是枯树长出了四五片叶子,波卓和幸运儿路过此地,前者变成了瞎子,后者变成了哑巴。男孩上场,两个流浪汉已料到戈多今天不来,明天准来。他们想上吊,但没有绳子,其中一个解下裤带,可它一拉就断。结尾时两个流浪汉想走,但最终没动。

《等待戈多》的核心内容是等待。戈多作为等待的对象,他的具体含义一直是评论此剧的焦点:有人说戈多是从英语 God 借用而来,象征着上帝;有人说他象征着"死亡的结局";还有人说波卓即戈多等。当问及贝克特本人时,他答道:"我要是知道,早在戏里说出来了。"无论戈多代表什么,从剧中我们可以看出,戈多的到来似乎可以改变流浪汉的处境。然而,"戈多总是不来,苦死了等候的人"。作者在剧中所表现的正是这一漫长的等待。在这一过程中,生活是机械单调的重复,人们焦虑地等待某种事情发生以改变现状,但希望屡屡落空终至变为无望;而人们又不得不怀有希望,因为依靠它才能生存下去,这种状况构成了人的一生。作者用象征的手法写出了在第二次世界大战以后,在人们相信"上帝死了"的时代,失去传统信仰和价值观,又未找到新的精神支柱的现代西方人的生存状态,它来自于这一时代特有的幻灭感和不确定感。

(二)《等待戈多》的艺术特点

荒诞派戏剧又被称为"反戏剧",主要指它与传统戏剧大相径庭。传统戏剧要求一出戏要有强烈的戏剧冲突,情节要有发生、发展、高潮和结局,戏剧语言要富有动作性,能推动剧情向前发展;但荒诞派戏剧却拒绝遵守上述原则。《等待戈多》充分表现了这一戏剧流派在形式上的特点。

　　全剧几乎没有戏剧冲突，也谈不上情节。与此相适应的是如同荒原一样的布景和戏剧结构的雷同。作者认为，表现等待一幕太少，三幕太多，因而设计了布景、人物及其行为举止几乎一样的两幕。虽然"舞台提示"说第二幕是"第二天黄昏"，枯树却在一夜之间长出了四五片叶子。男孩来了竟然不认识第一天刚见过面的流浪汉，而且断定下次来了仍将不认识他们。流浪汉的记忆也已模糊，他们甚至不知道自己在干什么。这些荒诞的事情似乎暗示着时间已过了若干年，而若干年的生活竟是惊人的相似。《等待戈多》因情节结构的这一特点又被称为"静止剧"，这恰好表现了作品的内容：生活如一潭死水，单调乏味，机械重复，毫无希望。

　　《等待戈多》中的人物形象也是荒诞的。两个流浪汉衣衫破旧，举止猥琐，浑身发臭。对于波卓老爷啃剩的鸡骨头，"戈戈一个健步窜上去，捡起骨头马上啃起来"，之后还反复提及，回味无穷。狄狄则每晚都被神秘的陌生人暴打一顿。被主人拴着到市场上去卖的"幸运儿"是个六十多岁的老仆人，他总是如牲畜一般遭主人鞭打，却诚惶诚恐地抱着抽打自己的鞭子。剧中人物被称为或自称为"猪""窝囊废""阴沟里的耗子""丑八怪"，他们的生活如同"在泥地里爬"，是"谈了一晚上的空话"，"做了一场噩梦"。《等待戈多》中的人物与其说是人物不如说是人类的象征。作者用这样的具有象征性的荒诞描写，极言人生的痛苦无望，现代人类不再是"宇宙的精华，万物的灵长"，而是渺小而龌龊。

　　《等待戈多》在语言上也充分显示了荒诞的特色。剧中人的对话大多颠三倒四，答非所问，混乱无逻辑，有时断断续续，喃喃自语，唠叨重复。作品还以人物身份和他的语言之间形成的巨大反差表现荒诞。

上述种种在戏剧形式上的荒诞特色都"直呈"式地、恰如其分地表现了作品的内容:世界颠倒混乱,人生痛苦绝望,充满不可知性和非理性。

## 第十二节　罗伯-格里耶

### 一、生平与创作简介

阿兰·罗伯-格里耶(1922—2008)是新小说派的代表作家,在新小说的创作和理论建树方面都做出了重要贡献。罗伯-格里耶生于法国西部的重要港口城市布勒斯特,毕业于农学院并获得农艺师称号,后进入生物学研究机构工作,曾先后在摩洛哥、几内亚和拉丁美洲等地从事热带果木种植的研究。1951年,他在非洲患病,归国途中突然萌发了从事文学创作的念头。自1955年起罗伯-格里耶在法国午夜出版社担任文学顾问,专心致力于文学创作。

罗伯-格里耶关于新小说的理论主要收录在论文集《走向新小说》(又译《为了一种新小说》)中。其中《未来小说的道路》《关于某些过时的定义》《自然、人道主义、悲剧》等文章被认为是新小说派的纲领性文献。罗伯-格里耶关于新小说理论的核心要点主要有:

1. 关于人与客观世界的关系。小说应该摆脱传统的以人为中心的人类中心主义,客观描写物质世界;而要做到客观,就必须从根本上否定人透过物质表面看到的所谓"深度"和"意义",因为这些都是人为赋予的。"世界既不是有意义的,也不是荒谬的,它存在着而已。"应该"制造出一个更实体、更直观的世界,以代替现有的这种充满心理的、社会的、功能的意义的世界","让物件和姿态首先以它们的存在去发挥作用,让它们的存在继续为人们感觉到"。①

2. 关于人物本身。要让小说中人物的存在自己说话,作家对人物的蓄意"解释"是多余的。"传统小说的人物问题被作家强加于他们的'解释'所不断激动、困惑和毁灭,不断地投到一个非物质的、不稳定的'彼处'——遥远而模糊。相反,未来小说的主人公将只是在'那里',而那些解释将流落'彼地',在主人公无可否认的存在面前,它们将显得无用、多余,甚至不诚实。"②

罗伯-格里耶主要的小说有:《橡皮》(1953,获"费内昂奖")、《窥视者》(1955,获"批评家奖")、《嫉妒》(1957)、《在迷宫里》(1959)等。进入60年代以后,罗伯-格里耶的创作风格出现了某种变化,人物形象变得清晰,而物的地位有所降低。这一阶段的主要小说有《幽会的房子》(1965)、《纽约革命计划》(1970)、《一个幽灵城市的拓扑结构》(1976),以及短篇小说集《快照》(1962)等。同时,罗伯-格里耶开始向电影方面发展,主要电影作品有:《去年在马里昂巴德》(1961,获威尼斯电影节金狮奖)、《不朽的女人》(1963)、《欧洲快车》(1966)、《说谎的人》(1968)等。

《橡皮》是罗伯-格里耶第一部小说,主要是写一个侦探案件。在一个木材业发达的省城,恐怖集团按预定计划要暗杀一位经济学教授——杜邦。但暗杀失败,佯装已死的杜邦实则负伤住院。负责调查此案的侦探瓦拉斯于暗杀事件的第二天傍晚来到杜邦家,糊里糊涂地打死了秘密回家取重要文件的杜邦。小说在艺

---

① 参见罗伯-格里耶:《未来小说的道路》,见伍蠡甫主编《现代西方文论选》,上海译文出版社1983年版。
② 同上。

上的特点主要有:注重对"物"进行不带感情色彩的客观描述;重复使用带有象征意义的道具(如橡皮);采用多线索互相交叉、意识活动和现实场景来回跳跃的叙述方式等。这部小说被评论家们认为是"物本主义"小说的发端,因而在"新小说"的发展进程中具有重意义。

《窥视者》也是一部在侦探小说外壳包裹下的"新小说"。马蒂雅思回到童年生活过的海岛推销手表,在海滩僻静处杀死了牧羊女雅克莲并抛尸入海。后东窗事发,马蒂雅思做贼心虚回到现场毁灭证据,恰巧被雅克莲的男友于连窥见。但此后却平安无事,马蒂雅思于两天后回到了大陆。"窥视者"指的是发现此案的于连,至于他为什么未告发、马蒂雅思为什么杀死雅克莲乃至杀人过程,小说都没有正面交代,只是通过种种暗示间接透露出来。读者看到的是排除了主观感受和判断的客观"物象"。

## 二、《嫉妒》

《嫉妒》是罗伯-格里耶最具实验性的小说。《嫉妒》中的故事发生在热带的一个白人种植园里。叙述者是一个未被正面描写、读者不知其姓名相貌的男人。他怀着嫉妒的心理或侧面观察或从百叶窗里窥视自己的妻子阿 A,以及阿 A 和男邻居弗兰克之间的关系,揣测他们之间是否有恋情。小说既没有开头,也没有高潮和结尾。理解这部小说要把握住以下要点:

(一)一再重复的日常生活场景

小说分为 9 个部分(或称为 9 章)。第一部分的主要内容有:透过窗子可以看见阿 A 在屋里看信并在蓝色的信纸上写着什么。邻居弗兰克前来拜访并留下来吃饭,他的妻子克丽斯吉安娜因孩子生病没有来。这一阵丈夫不带她来是常有的事。晚上,阿 A 亲自安排了露台上椅子的摆放,她把自己的椅子和弗兰克的椅子放在窗户旁边,另外两把椅子放在茶几的另一侧。这样,如果坐在这另外两把椅子上的人想要看到他们,就必须特意扭过头去。阿 A 让仆人拿走多余的第 4 套餐具以及她认为光线刺眼的灯。他们聊起了阿 A 正在读的一本小说,黑暗中,阿 A 似乎向弗兰克丢了一个眼波,但又好像没有。他们约好明天一起去城里办事。饭后,阿 A 和弗兰克在露台上坐到很晚。

上述场景在 9 个部分中反复出现,只是略有一些变动。这种反复出现的日常生活场景反映了生活的原生状态,摈弃了编造情节的成分,表现了新小说派反对传统小说编造惊心动魄的故事情节的理念。

## (二)小说的中心人物和中心事件被隐藏

《嫉妒》貌似一个第一人称叙述者在叙述,却从未有"我"的字样出现。但读者可以从进入一个人视野的阿 A 以及阿 A 和弗兰克的活动感觉到这个人在观察着他们。小说也间或用第三把椅子、第三副餐具暗示他的存在。《嫉妒》的中心事件也被隐藏了。阿 A 和弗兰克有一次进城办事因汽车抛锚当晚未归。但汽车是否真的抛锚,阿 A 和弗兰克在城里如何过夜构成了值得猜疑的中心事件,但恰恰是这一重要内容在小说中被隐藏了。

这种"隐藏"是想说明观察是受限的,叙事者因为没有跟阿 A 和弗兰克一同进城,所以不可能看到汽车是否抛锚,以及他们是如何在城里过夜的。隐藏中心事件是为了使小说更真实。

## (三)"嫉妒"的双重含义

在法语中,"嫉妒"的另一个意思是"百叶窗"。这样,这个带有双重意义的词就把指代主观心理活动的"嫉妒"和指代客观存在的"物"——"百叶窗"紧密地联系在了一起。百叶窗隐含的意思是:在一定的物质限定范围内的观察。小说的叙述者正是常常通过百叶窗观察阿 A 和弗兰克。由于百叶窗这一物质形式对观察角度和位置的限制,叙述者有观察不到的地方;同样由于观察角度和位置的限制,小说的中心事件——阿 A 和弗兰克进城一夜未归就成为空白。这种人被物所制约的描写,表现了新小说关于人的"物化"的创作理念:人的主观心理和情绪与客观存在的"物"密不可分。

# 第十三节 海 勒

## 一、生平与创作简介

约瑟夫·海勒(1923— )是"黑色幽默"文学流派最有代表性的作家之一。海勒出生于纽约市一个犹太移民家庭,5 岁丧父,早年生活窘困。第二次世界大战期间,曾担任空军轰炸机手,驻扎在意大利。战后海勒进大学学习,毕业后曾任英国文学讲师、杂志广告作家和编辑。1961 年发表长篇小说《第二十二条军规》,一举成名。海勒其他的著名作品还有长篇小说《出了毛病》(1974),写一个高级职员忧心忡忡、惶惶不可终日的生活状态,反映了美国社会弱肉强食、残酷竞争、以邻为壑的真实情况;长篇小说《像高尔德一样好》(1979),通过一个犹太裔教授卷入美国政治高层的故事,揭露了政客们的腐败。海勒还有《上帝知道》(1984)、《画这个》(1988)、《结局》(1994)等小说以及几部戏剧作品。

## 二、《第二十二条军规》

《第二十二条军规》是海勒的代表作。小说写第二次世界大战中驻扎在地中海皮亚诺扎岛(地名为虚构)的一个美国空军飞行大队的故事。在这个空军大队中,发生了许多有悖常理的荒诞事情,那些身居高位的指挥官都是作威作福、专横暴虐甚至草菅士兵性命的官僚。小说用黑色幽默的手法塑造了几个军官的形象。

### (一)《第二十二条军规》的人物形象

大队长官卡思卡特上校既为自己36岁当上了上校而自负,又为自己不能爬得更高而自卑。为了当上将军,他不顾士兵死活,把规定的飞行次数从40次提高到70次、80次……不少士兵因此而丧命。谢司科普夫中尉的癖好是搞机械性的操练和检阅。为了操练时步调一致,他甚至搞出了"把镍合金做的钉子敲进每个学生的股骨,用铜丝把钉子和手腕连接起来"等荒诞"发明",并因此得到提升。情报官布莱克上尉热衷于搞忠诚宣誓运动,作战官兵们时时处处都要宣誓效忠,甚至包括领薪、购物、理发、就餐。"本领"最为高强的是军官迈洛,他本是军中的伙食管理员,通过投机倒把大发横财。他在军中办起了国际性的大公司,与德军和美军都签有合同,让双方互相轰炸和射击,而他从中收费。后来他居然当上了巴勒莫市长、马耳他的副总督、少校爵士、奥兰王储、巴格达的哈里发、大马士革的教长、阿拉伯的酋长,甚至成了非洲丛林中的神灵,所到之处被人们顶礼膜拜。

与升官发财的军官形成鲜明对照的是普通士兵成为战争牺牲

品的命运。主人公尤索林怀着一腔热情作为轰炸机手参战,后来发现现实与官方的宣传大相径庭。不少人参军的目的堪称丑恶,例如上述的各位军官。实际情况使他看清了这是一个疯狂的世界,如果按照卡斯卡特上校的要求无休止地飞下去,只有死路一条。他去找丹尼卡医生,说自己"疯了",因为只有疯子才能停止飞行。而医生说要停止飞行,必须自己写申请,而一旦这样做了就说明他没疯。这就是"第二十二条军规"。为了避免尤索林戳穿他们的卑鄙伎俩,上级想收买他和他们同流合污,接受收买意味着尤索林能作为战斗英雄回国享受富裕生活,否则他将被送上军事法庭。最终尤索林没有接受这笔肮脏的交易,而是受同伴逃亡瑞士的启发——"跑掉了"。

小说的创作意图除了揭露大战期间美军中严重腐败和官僚主义横行的状况外,在更大程度上还是对"50年代的反映,对麦卡锡时期的反映",作家在小说中"写下了自己对一个处于混乱中的国家的感受",这指的是从二战结束到50年代末美国资本主义制度根深蒂固的矛盾和弊端,如贫富分化严重,种族矛盾尖锐,对革命和共产主义的恐惧,官僚机关滥用职权大搞政治迫害,使普通人成为牺牲品……这种种美国社会的要害问题,都在小说中得到相应的表现。

## (二)《第二十二条军规》的艺术特点

《第二十二条军规》是黑色幽默的代表作品,鲜明地表现了这一流派在艺术上的特点,主要表现为利用多种手法制造幽默,如利用夸张和变形描写人和事,利用因果倒置、黑白颠倒、答非所问、似是而非、偷换概念等手法制造种种喜剧效果,以达到漫画化、滑稽化、怪诞化的效果,令人啼笑皆非,而这一切之中包含的是苦涩、痛苦甚至是残忍的内容。

## 第十四节　马尔克斯

### 一、生平与创作简介

加西亚·马尔克斯(1927—2014)是哥伦比亚著名作家,拉美魔幻现实主义文学的主要代表。马尔克斯出生在哥伦比亚马格达莱纳省的小镇阿拉卡塔卡。父亲学过医,后来成为电报报务员。马尔克斯童年时期一直生活在外祖父家。外祖父是受人尊敬的退休上校。外祖母很会讲神话传说和鬼怪故事,这对马尔克斯日后的创作产生了很大影响。马尔克斯18岁进波哥大大学学法律,后辍学从事新闻工作和文学创作。他一向关心国家命运,站在民主运动和社会主义运动一边,反对军事独裁者的反动统治。1973年,智利发生政变,军事独裁者上台。马尔克斯发表抗议声明,并实行文学罢工5年。因受到反动政府迫害,他不得不流亡国外。1982年,哥伦比亚新政府成立后,他才回到祖国。

马尔克斯第一次发表作品是在1947年,在创作上受到海明威、福克纳和卡夫卡等人的影响。1955年发表短篇小说《伊莎白尔在马孔多的观雨独白》和《周末的一天》(获波哥大文学艺术家联合会文学奖)、中篇小说《枯枝败叶》,这些作品构思新颖,以奇特的想象表现了拉丁美洲的现实,初步显示了他的创作风格。之后,马尔克斯陆续发表了大量小说,主要有:《没有人给他写信的上校》(中篇,1961)、《恶时辰》(长篇,1962,获埃索奖)、《格兰德大妈的葬礼》(短篇集,1962)、《百年孤独》(长篇,1967)、《家长的没落》(长篇,1978)、《一件事先张扬的凶杀案》(中篇,1981)、《霍乱时期的爱情》(长篇,1985)等。

《没有人给他写信的上校》是马尔克斯本人认为写得最好的一部小说。作品写一个曾经在战场上建立过功勋的退役上校每逢周五都到码头上去等政府寄来津贴,一直等了15年也没等到。上校几乎变卖了所有家产,儿子被乱枪打死,老妻卧病在床,而他还要维持自己的体面。小说充满了愤懑的情绪,具有社会批判力量。

《家长的没落》被美国《时代周刊》推荐为1976年度十大优秀作品之一。小说用漫画手法塑造了专制暴君尼卡诺尔的形象,这一人物身上集中了拉丁美洲所有暴君的特征,如独裁、残酷、横征暴敛、生活糜烂等。

《霍乱时期的爱情》基本采用现实主义创作方法,写一对情侣从青年到老年的漫长爱情。小说以细腻的笔触、缓慢的节奏描写了主人公的爱情和生活波折,展示了老年人心态上的变化。

## 二、《百年孤独》

马尔克斯的代表作《百年孤独》被誉为"塞万提斯的《堂吉诃德》之后最伟大的西班牙语作品",获1982年诺贝尔文学奖。

### (一)《百年孤独》的内容与主题

《百年孤独》写加勒比沿岸某个小镇马孔多从荒凉的沼泽地中兴起,最后被飓风卷走而消失得无影无踪的百年变迁,其中贯穿着布恩蒂亚家族七代人的兴衰。家族的第一代霍塞·阿卡蒂奥和他的妻子乌苏娜是表兄妹。乌苏娜因害怕近亲结婚会生出长猪尾巴的孩子,婚后一直保持处女之身。阿卡蒂奥杀死了一个因此事羞辱他的人,为逃避此人鬼魂的追逐,夫妇俩决定迁往他乡。一批村民随之前往,他们在被大海包围的一片沼泽地中定居下来并建立了村镇"马孔多"。从第一代到第七代历经长期的内战、党争、香蕉工人的大罢工等重大社会历史事件,家族内部又发生过有悖常理的情感纠葛(如姑侄乱伦、双胞胎兄弟与同一女人有染等)和奇异事件(如乌苏娜能预见未来、俏姑娘雷麦黛丝飞上天空消失等)。第六代与姑妈发生乱伦关系,生下长猪尾巴的女孩。他突然看懂了吉卜赛老人梅尔加德斯留下的羊皮书。书上预言,羊皮书破译之时即马孔多被飓风一扫而光之日。

马尔克斯在谈到《百年孤独》的主题时说它是"描写孤独"的书。小说的重要内容之一是表现了布恩蒂亚家族特有的孤独的精神气质,并由此象征性地表现了民族、国家乃至整个拉丁美洲的孤独——封闭落后,与世界文明隔绝,以及由此带来的国家衰落、人民备受欺凌压迫,这种状况与拉丁美洲的百年历史紧密相连。

马孔多的地理位置孤独无靠、与世隔绝。布恩蒂亚家族的每个人眼睛里也都流露着冷漠孤独的神色,这正是一个民族、一个社会、一个国家远离文明的孤独状态的形象化写照。造成这一状况的原因是封闭和落后。在小说中,作家描写的第一代布恩蒂亚家族的代表人物霍塞·阿卡蒂奥·布恩蒂亚认识磁铁、望远镜、放大镜、地球的过程很有代表性。这些描写除反映了远离文明的马孔多的落后愚昧、认知水平低下以外,也反映了处于封闭状态下的人们在接受新鲜事物时所受到的旧观念的重重束缚。此外,布恩蒂亚家族中多人有乱伦行为,这是原始风俗残存、尚未进入文明社会的表征。这种封闭愚昧落后的状况使一个民族、一个国家在面临外来者入侵时必然处于被动挨打的境地。在这方面,马孔多小镇的兴衰浓缩了哥伦比亚19世纪初到20世纪上半叶的历史变迁。

哥伦比亚的原住民是印第安人。16世纪沦为西班牙殖民地后进入了多灾多难的历史时期。19世纪初哥伦比亚独立后,国家政权被土生白人大地主、大商人所把持,他们中的保守党和自由党两派之间斗争非常激烈,导致党争和内战不断。20世纪初期,内乱停止,经济开始复苏,但很快受到了新殖民主义的入侵。小说中的"香蕉热"写的是美国联合果品公司对拉丁美洲人民的经济掠夺,在拉丁美洲历史上实有其事。马孔多兴衰史中的种种磨难不仅是哥伦比亚,也是整个拉丁美洲历史变迁的真实写照。马尔克斯在他的诺贝尔文学奖受奖仪式上的演说《拉丁美洲的孤独》中曾表述过类似的内容。

在小说中,孤独意味着闭关自守、与文明隔绝、愚昧落后,其后果是连年内乱、民不聊生以及外国势力的疯狂入侵和掠夺。从这个意义上讲,《百年孤独》也是一切殖民地半殖民地悲惨历史的写照。马孔多最终的消失起到的政治警示作用是振聋发聩的,它说明一个民族、一个国家如果不能走出孤独,将永远无法自立于世界民族之林。而作者则满怀希望坚定地说:"面对压迫、掠夺和孤单,我们的回答是生活。无论是洪水还是瘟疫,无论是饥饿还是社会动荡,甚至还有多少个世纪以来的永恒的战争,都没有能够削弱生命战胜死亡的牢固优势","命中注定处于一百年孤独的世家终将并永远享有存在于世的第二次机会"。[①]

《百年孤独》鲜明地体现了魔幻现实主义在艺术上的特点,其核心是把神奇的事物当作确有其事的现实的一部分来表现,因为魔幻是拉丁美洲人认识、表达事物以及审美的固有思维方式。在具体描写时,常常借助象征、夸张等手段,这些手段进一步渲染了现实的魔幻色彩。如《百年孤独》中所描写的死人阴魂不散,梅尔

---

① 马尔克斯:《拉丁美洲的孤独》(在诺贝尔文学奖受奖仪式上的演说),见《两百年的孤独》,朱景冬等译,云南人民出版社1997年版。

加德斯几度复活,俏姑娘突然飞升,人血像长了脚直奔它要去的地方。神话化是拉美魔幻现实主义,也是《百年孤独》的又一艺术特点。《百年孤独》模仿了《圣经》中《创世记》《伊甸园》等故事的核心内容。《百年孤独》的叙事时间也很有特点,特别是令人称道的开头:"多年以后,奥雷连诺上校站在行刑队面前,准会想起父亲带他去参观冰块的那个遥远的下午。"[1]这句话把现在、过去和未来三个时间交叉连接在了一起。

---

[1] 马尔克斯:《百年孤独》,范晔译,南海出版公司2011年版,第1页。

# 修订后记

《外国文学基础》是一本介绍欧美文学史基础知识和代表作家作品的小型教材,编写宗旨务求条理清晰、简明扼要,便于学生学习和掌握要点。

第一版出版于 2006 年,是为广播电视大学的学生编写的补修课教材。本次修订在如下方面做了调整:

对第七章"二十世纪欧美文学"的"概述"做了较大修改。"概述"中的"现实主义文学"部分取消了标题"(一)苏联和欧美各国的无产阶级文学",将其中的"欧美各国的无产阶级文学"中的主要内容分别归入英、法、德、美等国现实主义文学的介绍中,"俄苏现实主义文学"单列标题。同时,对上述各部分的内容也做了一定的修改。

第七章"二十世纪欧美文学"作家作品专节从原来的八节改为十三节,保留了原来的高尔基、肖洛霍夫、卡夫卡、海明威,增加了萧伯纳、布莱希特、乔伊斯、奥尼尔、萨特、罗伯-格里耶、贝克特、海勒、马尔克斯等作家专节。

其他各章节题目不变,只是在文字上做了一些修改。

修订后的《外国文学基础》吸收了学科近年来的研究成果和

同类教材编写的优长,较之第一版在内容上更加充实完整。

感谢北京大学出版社编辑艾英女士为本书付出的辛勤劳动。因编写时间和水平有限,本书难免存在一些不足,望广大师生和读者提出宝贵意见,以利今后修正。

程陵

2015 年 1 月